燕山诗话

（新编本）

罗孚 著　高林 编

生活·读书·新知三联书店

Copyright © 2020 by SDX Joint Publishing Company.
All Rights Reserved.
本作品版权由生活·读书·新知三联书店所有。
未经许可,不得翻印。

图书在版编目(CIP)数据

燕山诗话:新编本/罗孚著,高林编.—北京:
生活·读书·新知三联书店,2020.6
(罗孚作品精选)
ISBN 978-7-108-06558-2

Ⅰ.①燕… Ⅱ.①罗… ②高… Ⅲ.①诗话-中国-当代
Ⅳ.① I207.22

中国版本图书馆 CIP 数据核字(2019)第 057730 号

责任编辑	卫　纯
装帧设计	蔡立国
责任校对	安进平
责任印制	宋　家
出版发行	生活·讀書·新知 三联书店
	(北京市东城区美术馆东街 22 号 100010)
网　　址	www.sdxjpc.com
经　　销	新华书店
印　　刷	河北鹏润印刷有限公司
版　　次	2020 年 6 月北京第 1 版
	2020 年 6 月北京第 1 次印刷
开　　本	787 毫米 × 1092 毫米　1/32　印张 8
字　　数	152 千字　图 8 幅
印　　数	0,001-5,000 册
定　　价	42.00 元

(印装查询:01064002715;邮购查询:01084010542)

1968年,罗孚访问韶山

1989年4月,夏衍(右)口述为聂绀弩纪念文集所作的序言《绀弩还活着》,该文经罗孚记录整理后发表

罗孚（左一）在北京大学采访冯友兰（中）（1971年）

1980年，罗孚（左一）、吴秀圣（左三）夫妇和徐复观（左二）、王世高（左四）夫妇，徐均琴（徐复观之女）在香港

罗孚(左三)、吴秀圣夫妇与黄苗子(左二)、杨宪益(左一)在北京(2006年)

罗孚（左二）、吴秀圣（左一）夫妇与金尧如（左三）、谢莹夫妇在美国洛杉矶（2000年）

罗孚（下图中）、吴秀圣（下图右）夫妇与金庸（下图左一）、黄永玉（上图左）、梁羽生（上图中）、石贝（上图右）在香港（2006年）

目 录

编者的话 / 1

序 / 1

从胡乔木到乔木 / 4

夏衍和猫的情谊 / 15

从俞平伯谈到胡风 / 20

冯雪峰十年祭 / 32

空前绝后聂绀弩 / 42

王力"文革"《五哀诗》/ 51

"文章倾国"三家村 / 61

冯友兰诗论毛泽东 / 71

周作人已经平反了？/ 80

"饱吃苦茶辨余味"
　——关于《知堂杂诗抄》/ 93

书愤放歌吴世昌 / 105

精通洋文土诗人
　——荒芜和他的纸壁斋诗 / 116

杨宪益诗打一缸油 / 128

"生正逢时"吴祖光 / 138

陈迩冬十步话三分 / 149

碧空楼上探舒芜 / 159

黄苗子"青蝇拍后" / 171

玉尹老人狱中诗
　——郑超麟《玉尹残集》/ 182

金尧如揽月摩星词 / 194

王匡徐复观一段诗缘 / 196

金庸梁羽生的诗词回目 / 199

高旅和聂绀弩 / 203

爱水而又不爱"水"的诗人

  ——怀念听水诗人王辛笛先生 / 212

冒效鲁和钱锺书 / 220

郁达夫的诗和香港 / 224

兼好法师的《徒然草》/ 231

当代旧体诗和文学史

  ——从《追迹香港文学》谈起 / 234

曼殊上人诗卷 / 239

编者的话

罗孚先生,原名罗承勋,一九二一年出生于广西桂林,二〇一四年逝世于香港。一九四一年在桂林加入《大公报》,先后在桂林、重庆、香港三地《大公报》工作。曾任香港《大公报》副总编辑、香港《新晚报》总编辑。他还曾任香港《文汇报》"文艺"周刊主编,创办了《海光文艺》月刊。以辛文芷、吴令湄、文丝、程雪野、丝韦、柳苏等笔名,在内地和香港发表了大量的散文、随笔和文论、诗词,著有《北京十年》《香港,香港……》《南斗文星高》《西窗小品》《文苑缤纷》《香港文丛·丝韦卷》《繁花时节》和《我重读香港》等,编有《聂绀弩诗全编》《叶灵凤读书随笔》和《香港的人和事》。一九八三年,因"将我国重要国家机密提供给外国间谍"而被判刑十年,假释后在北京居住,一九九三年回香港定居。

罗孚先生的写作,一直与诗相伴。他在桂林中学读书时就开始写诗,喜爱黄仲则、龚自珍、苏曼殊、周作人等人的诗。后来办报时和柳亚子、艾青等人有过"诗交",也常在报上写诗。曹聚仁在《书林又话》中说:"哪知和《大公报》的朋友相识以后,才知道李侠文、陈凡、罗承勋诸先生,都会写旧诗谈旧学,从旧诗词中写出新意境,远不是区区所可企及。"在北京居住期间,和聂绀弩、杨宪益、黄苗子、陈迩冬、舒芜、邵燕祥等诗人和写诗的朋友一起写诗论诗。用他自己的话说:"我的北京的十年是诗的日子,不是日子过得像诗,而是颇有闲暇读诗。因此读了一些诗集,也想方设法读了一些还没有形成集子的当代人的诗。"从此他开始了"诗话"的写作,评介"新文艺家的旧体诗"成为他此后写作的一个重要组成部分,也开启了一种亦诗亦文、夹叙夹议的"诗话风格"。

这些"诗话"在上世纪八十年代中期开始大都发表在香港《明报月刊》等报刊上。一九九七年,由牛津大学出版社(香港)初步整理出版,名为《燕山诗话》,二〇一一年中央编译出版社再版。"燕山诗话"的由来,一则是作者的这部分文章是在北京所写,一则是作者为表达对邓拓以及杂文集《燕山夜话》的敬意。本次整理出版,补充了罗孚先生在一九九七年以后写的"诗话"文章和当时未收入的文章,并进一步做了修订。

二〇一六年十二月十九日

序

我的北京的十年是诗的日子,不是日子过得像诗,而是颇有闲暇读诗。因此读了一些诗集,也想方设法读了一些还没有形成集子的当代人的诗。

我是不薄新诗爱旧诗,是新旧体诗都爱读的,读得多一些的,还是旧体。

年轻人多写新体诗,老年人爱写旧体诗。一般总是年轻人才爱写诗,但"文革"后,老年人写诗的特别多,新文学家写旧体诗的特别多。

"诗穷而后工","文革"穷且乱。诗就更多了。

我不仅欢喜读诗,也欢喜读诗话。这是早年就养成的习惯。一部《唐诗三百首》,一部《随园诗话》,读得熟了。

读得多,自己也就想写,既写诗,也写诗话。写诗是为了抒情,写诗话是为了记下好诗,可以时时翻阅,也可以随时公诸同好,让也欢喜诗的朋友可以借阅、传抄。

我认识和结交的新知旧雨,从事新文学的比较多,旧学宿儒较少,因此,也就接触到比较多的新文学家的旧体诗。

我写了一些诗,自知水平不高,秘不示人。写了一些诗话,记的是别人的诗,不会妄自菲薄,相反,却有了宣之于众的冲动,就把它们送回香港,拿到《明报月刊》发表了。

在当时来说,我还没有这样发表的权利,却有发表了就可能出麻烦的危险,因此用了一个笔名,由编者随便赐赠,这就是"程雪野",据说主要是一个"雪"字,不是雪野风光,是朋友的好意,望我昭雪。

当我还没有阅读和写作的自由时(当然更没有发表的自由),我在大都北京的一个胡同里幽居,在一个偶然的机会中我知道了胡同的名字,有条件恢复自由后我才知道那是《燕山夜话》的作者邓拓居住过的地方。尽管事过境迁,我还是以此为荣,喜在心里。

当我有机会写作、发表的时候,第一个(没有第二、第三)也是唯一想到的,就是给它加上一个《燕山诗话》的名字了。

遗憾的是这些诗话却没有谈到邓拓的诗和别的一些我喜爱的作者的诗。原因多种,有的就是找不到。我曾经找过朱光潜的诗而无所获,他谈诗谈得那么好,但据说自己的诗诗味却不怎么样,我有些不愿意相信。

遗憾的是有些已经写了的却没有收进这本诗话中,也是原因不一或者根本没有什么原因。

老实说,我这些诗话没有什么意义,有意义的是有关的诗篇,也提供了一些诗篇写作的时代背景。

北京燕山，夏日将临，不知为什么，我却像黄仲则般有都门秋思了。

一九九七年三月

从胡乔木到乔木

在含冤三十多年之后,武训也总算得到公开的平反了。

严格地说,还只是半平反,或"犹抱琵琶半遮面"的平反。

有人干脆就不说"平反",而只说是"纠左"。

"纠左"?谁的"左"?毛泽东。谁在纠?毛泽东当年的秘书胡乔木。

"中共中央政治局委员胡乔木今天在这里否定了五十年代对电影《武训传》的批判。他是在中国陶行知研究会和基金会成立大会上做出上述表示的。"新华社这么说。据说,胡乔木指出,一九五一年对《武训传》的批判"是非常片面、极端和粗暴的";"不但不能认为是完全正确的,甚至也不能说它是基本正确的"。

尽管这两个"不能"说得有些吞吞吐吐,却还是被认为是对武训的否定之否定了。

事实上,这只是对《武训传》批判的否定,还不是直接为武训平反。当年武训被斥为"清朝统治阶级的奴才""农民起义的对头"和"帝国主义侵略中国的帮凶",这三顶大帽子还没有正式摘下来。

这三顶帽子——"奴才""对头"和"帮凶"是跟着一个"主义"而戴上的:"投降主义!"毛泽东在中南海看《武训传》时,吐出了这句话,未终场即去。也可以说是终场,他这一走,电影就放不下去,完了。

武训也就完了。对电影《武训传》的批判就跟着展开。主持其事者之一,就是当时担任中共中央宣传部副部长的胡乔木。尽管"犹抱琵琶",今天由他来否定这一场批判,就多少有些自我批判的味道,尽管他没有提到当年自己如何如何,这也许由于并不是在做"全面的评价"的缘故吧。

陶行知也就完了。由于他生前推崇武训的办学精神,也可以说他就是有着"武训精神"的教育实践家。自从《武训传》挨批,死去了的陶行知也就三十多年抬不起头来,他也就成了连带被否定的人物,武训的异代连坐犯。这也正是为什么胡乔木要在陶行知研究会和基金会成立的时刻,来否定对《武训传》的批判的缘故。

其实,第一个半公开为武训平反的,不是胡乔木,而是万里。万里也不是在一九八五年六月和老同学张绍虞谈话时,才为武训平反,这场谈话一开始他就说:"我已经在全国教育会议上两次给他平了反嘛。"(见《明报月刊》一九八五年十月号《武训平反问题三文件》)这个"已经",不是一九八五,而是一九八四。按说,在有关会议的文件上有记录,不过一般人看不到,因此只能算是半公开的平反。

万里的半公开，不等于胡乔木的半遮面。他是毫不转弯抹角地说，不能把武训称为"地主阶级的孝子贤孙""农民阶级的投降派"的。而且，他毫不含糊地说，要平反。虽然不知道他还具体说了些什么，比起胡乔木的话来，他是快人快语了。

虽然是快语（万里）和不够爽快之语（胡乔木），都了无诗意。

但不可不知，胡乔木却是个诗人，正和毛泽东是诗人一样。

不"全面评价"对《武训传》批判的他，在诗词的创作上，是比毛泽东更全面的。他不仅写旧体的诗词，还写新体的诗，简称新诗的诗。他不仅采用中国古典诗词的格律，写新体诗时，还用西洋诗的格律。

记得在"文革"以前，《红旗》杂志曾经用过整整一两页的篇幅，刊出他好些首词，都是格律谨严的，其中有咏中国第一颗原子弹的"霹雳一声春，风流天下闻"的句子；也有咏西湖边上拆掉那些伪托的古代英雄美人墓的"如此荒唐"的句子。

这两年，地位高了，他的旧体诗更在《人民日报》主要的版面、显著的地位，新闻般地刊出了；而副刊上，就刊出他的白话新诗。

据说，他在爱写旧体诗的胡绳处看到香港出的聂绀弩的旧体诗《三草》，知道人民文学出版社有意出新的补充修订本。就主动上门，拜访病榻上的这位老诗人，又主动表示要替这一《散宜生诗》写序，在序中赞扬这是"热血和微笑留给我们的一株奇花——它的特色也许是过去、现在、将来诗史上独一无二的"。

这件事很能表现他的诗人的性格。如果能更多地表现就更好了。

胡乔木的送序上门,据说曾经使聂绀弩有过一点顾虑,他怕不知道的人以为是出于他的主动,是他在走上层路线。熟悉他的人当然明白,他不是这样的人;而不熟悉的人,好像也没有这样的误解。他这才心安理得。

聂绀弩又是怎样的人呢?有一位年轻的作者,说他是"躺着干活的人"。

七八年了,从山西的监牢回到北京的居所,他就一直是躺在床上,近年的一些新作,就是这样躺在床上写出来的。其间他也参加过文代会议和政协会议,而他的参加,只不过是从家里的床上转移到会议宾馆的床上,还是躺着,不开会而自有会,会见朋友。

八五年六月间那首《吊胡风》的诗,就是躺在家里的床上写出来的。

八四年二月间那篇《谈〈金瓶梅〉》的文章,也是躺着写成的。写作的时间似乎比文章的内容更使人感兴趣,因为那正是"清除精神污染"之风吹荡着的时节。

文章一开头就先在"洁"或"不洁"上做文章:"人多不谈此书者,因为其中描写多不洁处。书固不洁,但不谈亦不能使之洁,更不能自洁洁之。且科研之下,不分洁否。凡医院均有检验不洁物者,然则谈谈《金瓶梅》,亦未必志在自求不洁,或使人不洁。"——也就是并非志在使人精神污染。

文章的结尾是聂绀弩的坦白认错。他说，鲁迅在《答徐懋庸》那篇文章中，有一句提到"像聂绀弩犯的错误"，但没有明言是什么错。他说，错在他当年写过一篇文章《关于世界文库翻印古书》，一攻击了郑振铎，二攻击了翻印《金瓶梅》是"翻印淫书"，而且不以为是世界名著。第二点今天看来真是"无知瞎说"了。

承认《金瓶梅》有不洁的一面，但肯定"它客观上多少揭露了人中之兽、美中之丑的部分，使人知道了兽与丑，从而转悟到人与美，或即人的觉醒的前奏的一部分"。这就是聂绀弩的一个主要论点。

有人于是写了一首访绀弩的诗："京尘几辈同炎凉，八二芳年一老枪；冷眼对窗看世界，热肠倚枕作文章；声名灌耳麻雷子，品藻从头屎壳郎；莫说金瓶净污染，千秋悲剧属娘行。"聂绀弩八四年"年方八二"，还抽烟，可以说是"老枪"，尽管抽的是香烟而不是什么鸦片。倚枕作文，是躺着干活，不作文的时候，眼睛时时瞧着窗外，看着吟着"窗外青天两线交"。"麻雷子"是一种鞭炮。"屎壳郎"是一种小虫，爱在肮脏的粪土中穿来穿去，近年澳大利亚有人研究，发现它居然是益虫，因此对它也就刮目相看，"品藻从头"了。这一句可能和聂绀弩并没有什么关系，不过作诗的黄苗子要拿屎壳郎和麻雷子作对、要拿品藻从头和声名灌耳作对罢了，而且自鸣得意，自认是巧对。至于"莫说金瓶净污染"，那才是赞聂绀弩热情大胆写出这篇引人注目的文章，以这赞声表示对"清除精神污染"的做法做了微微的讽刺。

杨宪益见了这诗，和了一首："从来客去即茶凉，说理书生怕见枪；举世皆批人性论，羡君先读好文章；愿逢纵欲河间妇，不作无能武大郎；潘氏瓶儿皆可爱，小生一向重娘行。"

原诗是游戏之作，和诗就更是游戏之作了，有些话不必认真，但字里行间，却可以看到对"清除精神污染"的做法有更大的讽意。

一开始颇有一点大搞运动之势的"清除精神污染"，后来终于不得不收敛而纳于正轨了。不过，因此而下台的胡绩伟和王若水尽管没有受到更进一步的"治理"，却也没有恢复原来的位子。当然，他们是用不着恢复名誉的，他们的名誉不仅没有因此而被贬低，反而是更高了。

据说，王若水关于人道主义的文章，包括对胡乔木文章的反驳，不久会有书出版。胡乔木表示对他自己的文章是理所当然的可以争议。又据说，他还对王若水的生活表示了关心。如果一开始迅雷疾雨少些，关心多些，那就好了。

至于《金瓶梅》，在不那么运动式的"清除精神污染"之后，人民文学出版社的洁本在八五年终于发行，并没有加上"内部发行"的标志。从书中的《标点说明》可以看出，这书在一九八〇年就校勘、标点、删节好了，经过了四年多的等待，才能出书。由于只印了一万部，书出而引起有人愿以十倍于十二元定价的数目以求必得，也就不足为异；但料想看完了洁本，他们不免要感到失望。洁本真是洁，你想从那里面接受一下"精神污染"也不可得。不过，它拖到这样的时节出现，总不禁使人要对那些"清除精神污染"的猛士们发出会心的微笑。

《金瓶梅》洁本的出版是春天的事，此刻是冬天了，人说冬天有寒流，拿笔杆的人又小心谨慎起来，虽然还不能说是戒慎恐惧。

乍暖还寒，乍寒还暖，暖暖寒寒，寒寒暖暖，这就是天道的循环吗？如果否定对《武训传》的批判使人感到暖意，这以前，胡风死后的冷冷清清却是使人感到寒意，而此刻的气候似乎更寒一些，但愿未来会有新的暖意。

此刻，不知怎的想起了另一位乔木，真正姓乔的乔木——乔冠华，而不是姓胡的乔木——胡乔木。也许是因为胡乔木而想起他，也许是因为联合国纪念成立四十周年而想起他。

他是代表新中国出席联合国会议的第一位外交部长（出席时还只是副部长）。那是十四年前的事了。

而在四十年前，他是和胡乔木被称为"南北二乔"的。两人都是能文之士。当时他用的"乔木"这名字，后来在一九四九年从香港回到北京，为避免和胡乔木混淆，才又用回乔冠华的本名。和胡乔木比起来，长身玉立的他更像是一株乔木。

长身，更有长文。四十年代他写的那些国际述评的文章，真是如长江大河，这不仅因为往往是洋洋数千言，更由于文章的气势磅礴。

那时候,他另有一个笔名:于怀。那篇传诵一时洋洋数万言讨论中国文化的长文《方生未死之间》,就是署名于怀的。文章一开始就是:"大江流日夜,中国人民的血日夜在流……"至今还使人难忘。那时候,正是血和火的日子,是抗日战争的年代。那篇文章据说思想意识上被认为有问题,以后就不大提了,也再没有被印刷出版。

"如所周知","形势比人还强",更是他创造性的一句话,爱用的人就更多了。这些都像是他的文字中的一些"商标"。

但四十年代末他到了北京以后,就很少见到他的署名文章,于怀没有了,乔木没有了,乔冠华也没有了。

但他不是没有写文章,写的有时还是大文。这里有诗为证:

> 逝者如斯旧侣侪,独于生死念于怀;
> 搴旗慷慨光坛坫,上轿然疑入钓台;
> 评白皮书文可读,照丹心语意堪哀;
> 盖棺论定终难事,总为苍生惜此才。

这首题名《逝者》的诗,是书法家、美术评论家黄苗子怀念乔冠华的作品,是乔冠华前年去世后写的。

诗人常任侠有一首《观杂技》的七律:"能言鹦鹉毒于蛇,善跳猴儿乔坐衙;反手敲来三棒鼓,转身捧出一盆花;侏儒惯戴尖头帽,妖妇忽蒙黑面纱;三十六拍春水荡,钓鱼台下聚鱼虾。"似是写于"史无前例"期间，写的是"四人帮"的表演。"妖妇"不必说，"侏儒"大约是那位张姓师爷。"三十六拍春水"，也就是水拍了，胡笳十八拍，水拍倍之，这就成了三十六，这是牵涉一位著名诗人的。至于"乔坐衙"，恐怕是说"上轿入钓台"吧，黄诗"然疑"，常句"善跳"，也真是"论定终难事"。

诗中的"评白皮书文可读"，是说当年美国国务卿艾奇逊公布了对华政策"白皮书"以后，《人民日报》曾经发表了九篇社论，大加批评，传诵一时，有"九评白皮书"之称，这是五十年代初期的事。（后来六十年代又有"九评修正主义"之作，又是九！）九篇文章，两篇是毛泽东亲自执笔的（见于《毛选》五卷），而其余七篇，据说就都是出自乔冠华之手，真是传世的大作！这个例子说明：文章还是在写，只是没有署名。

这不足为异，使人感到有些讶异的，是他许多时日以后才做了外交部的部长助理，又过了许多时日，才做到副部长，而他富于外交长才却是"如所周知"的。他当上外交部长时，已是"文革"后期的事了。

他无疑是一表人才的外交部长，站在国际政坛上，只是那风度就足以使人喝彩。当慷慨陈词时，就更是为国争光。

但由于他出任外交部长于"文革"之际，尽管当时的总理是周恩来，还是不免使人怀疑到他和"四人帮"的关系，"上轿然疑入钓台"，钓台是当时江青所住的钓鱼台，上轿是有一部《乔老爷上轿》的影片，他是不是真的上了"四人帮"的轿子呢？然乎否乎？疑乎不疑乎？

在"四人帮"垮下来之后，他也下来了，不声不响地过了好几年时光，直到前年，才以对外友协顾问的名义，出面招待女作家韩素音，但没有多久，癌症却夺去了他的生命，不许他再展长才。据说，在他临终的日子，夏衍到医院探望他，他躺在病榻念出了文天祥的名句："人生自古谁无死？留取丹心照汗青。"情景悲凉！

新华社报道了他的死讯，但比报道胡风的死讯还要简单，并没有什么增加死者光彩的词句。这以后，也没有进一步的做法和说法。这么看来，他到底算是盖棺论定了没有？难说，难说！但无论怎么说，是不免"总为苍生惜此才"了。

在他以顾问的身份复出的前后，《人民日报》刊出过他一九七六年出席联合国会议以后，经过英法回国，在伦敦谒马克思墓的一首旧体诗："束发读君书，今来展君墓……"使人想起黄仲则谒李太白墓的名篇："束发读君诗，今来展君墓……"论诗，当然不能和黄仲则相比，却显出原来他也是爱读黄仲则的。

翻开《两当轩集》，著名的《都门秋思》中有这样的句子："云浮万里伤心色，风送千秋变征声。"如咏"史无前例"的十年："为语绕枝乌鹊道，天寒休傍最高枝！"可惜这语言当年没有对乔冠华起到警钟的作用。不禁使人一唱三叹："总为苍生惜此才！"

一九八五年十二月

编者附注：

本文中引述的黄苗子诗"评白皮书文可读"和作者的相关评述，存在错误。据有关史料，中国共产党对于一九四九年八月美国国务院发表的《美国与中国的关系》（史称"美国关于中国问题的白皮书"）的批评，始于"白皮书"发表当月（不是二十世纪五十年代），共发表六篇批评文章（不是九篇），其中五篇为毛泽东所写，一篇为胡乔木所写。乔冠华不是上述文章的作者。

夏衍和猫的情谊

刚刚过去的一九八五年，是夏衍的八十五——六十五——五十五之年。

八十五是他的生活年龄，他出生于一九〇〇年，是二十世纪的同龄人；六十五是他的文学年龄，二十岁开始文学生涯，至今已六十五年了；五十五是他的影剧年龄，他的戏剧电影艺术活动是开始于他的而立之年的。

在北京，八五年的最后一个月，为他的生辰举行过庆祝会，为他的文学和影剧活动举行过座谈会。座谈会在香山饭店开了七天，最后一个发言的曹禺说："有人说夏衍是中国的契诃夫，我说他比契诃夫更接近人生、更接近人性的描写……契诃夫是一位有正义感的作家，而夏衍本人是一位杰出的革命者……"

这里不谈革命，只谈人生、人性，从猫谈起。

许多人都知道，夏衍爱猫。

许多人并不知道，夏衍的猫是享有特定的座位的。当客人来时，他把自己的椅子让给客人，然后坐在一张小椅子上，却并不把猫赶走，让位于客，或让位于他自己。没有客人时，他和猫平等分坐；有客人时，猫与客人平等，他自己是自贬而叨陪末座。

还有这样一回事：夏衍去参加一个朋友的晚宴回来，带了一包吃的给他的猫儿，孙女见了，嚷着要吃，受到他带笑的呵斥："居然下流到和猫争食！"偏偏这一回猫儿不和主人合作，对那一包美食只是嗅了一下，怎么也不肯动嘴，最后是孙女高高兴兴地取过来吃掉了，一边吃一边自我嘲讽："真是下流，连猫都不吃的也争着吃！"

更有这样的事：平日吃饭，总是他一口猫一口这样吃的。

这就又是有诗为证了：

一个老头八十五，创作生涯六十五；
果然有纸万事足，却道无猫终身苦。
你爱猫来猫爱你，猫道主义也可以；
不拘黑白拿耗子，人生乐事猫怀里。

"有纸万事足"下有注："稿纸，非银纸也。"这当然也是"创作生涯六十五"的注脚。"不拘黑白拿耗子"不必注，大家都知道那是有名的"不管黑猫白猫，能拿耗子的就是好猫"论。至于"人生乐事猫怀里"，那就要有图为证了。

图是《狸奴祝嘏图》，画的是一只端坐的大白猫，大到像大人抱小孩似的，把一位戴着眼镜以手枕头的大人斜斜地抱在它的怀里。人虽然比猫小得多，又只寥寥几笔勾勒出面孔，但只要是认识的人,一眼就可以看出,在猫怀里的并不是别人,夏衍是也!

图是华君武画了"为夏公寿"的。题诗的人是黄苗子。

图之外,诗之外,"为夏公寿"的还有词,有启功的《十六字令》五首,其中之一是:"猫,性命相依谊最高。须眉气,不论黑黄毛。"词前短序说:"维我夏翁,望高神岳,兴富童心。雅好之中,猫为尤最。猫之于翁,亦性命相依,每有堪风薄俗者。"可惜不知道这些"堪风薄俗"的高谊是怎么一回事,当然无疑一定是趣事。

"为夏公寿"的还有他的回忆录《懒寻旧梦录》的出版。说懒寻,却实在是旧梦此中寻。书名《懒寻旧梦录》原出宋人词。夏衍说,李一氓集宋人词句为一副对联,写了送他,下联是"从前心事都休,懒寻旧梦",他很喜欢这联语,就用来做书名。其实他说错了,这不是下联,而是上联,整副对联是:"从前心事都休,懒寻旧梦;肯把壮怀抛了,作个闲人?"正是不肯作闲人,才写出这么一厚本回忆录,而且还准备再写,一个问题一个问题、一个事件一个事件去写,不像这本书以年代为序来写。

在《懒寻旧梦录》中夏衍引述了他这个自称"从来不敢写诗"的人写的一首新体诗。那是他和宋之的、于伶抗日战争时期在重庆合写的话剧《戏剧春秋》的《献词》:

献给一个人，

献给一群人，

献给支撑着的，

献给倒下了的；

我们歌，

我们哭，

我们"春秋"我们的贤者。

天快亮了！

我们赞颂我们的英雄，

已经走了一大段路了，

疲累了的圣·克里斯托夫

回头来望了一眼背上的孩子，

啊，你这累人的

快要到来的明天。

夏衍也曾经在一篇文章中透露出他在重庆的日子，还写过一首旧体的七绝：

芳草天涯长夜行，如花溅泪几吞声；

杏花春雨江南日，英烈传奇说大明。

这是一首集戏名的诗，《芳草天涯》《长夜行》《花溅泪》《杏花春雨江南》和《大明英烈传》,都是当年演出的一些话剧的名字。

和猫深深有缘的夏衍,也不是和诗绝对无缘的。

一九八六年一月

编者附注:

夏衍曾写过一篇文章《关于诗的一封信》,信中说:"再告诉你一个秘密,我还写过两首打油诗,一首是1942年于伶三十七岁生日,我们几个人约他吃"毛肚开堂",我用他创作的几个剧名字,做了一首十足的打油诗:'长夜行人三十七,如花溅泪几吞声;杏花春雨江南日,英烈传奇说大明。'"信是写给姜德明的,载《夏衍全集》(文学下)553页,浙江文艺出版社2005年版。

从俞平伯谈到胡风

新年以来,北京文化界办了两场红白喜事:一月二十日为俞平伯开了一个从事学术活动六十五周年的庆贺会,是红;在这之前五天,一月十五日为已经去世半年多的胡风开了一个追悼会,是白。

从新说起,从红说起。

俞平伯这个庆贺会是中国社会科学院为他举行的,说得再小一点,是社会科学院下边的文学研究所为他举行的。因此,主要由上任不久的两位新官——院长胡绳和所长刘再复讲了话。这可能因为俞平伯至今仍是文学研究所的研究员吧。

仅仅庆贺一番,还算不了什么,动人听闻的是胡绳在讲话中提出了一个十分重要的批评的批评,否定的否定,批评了、否定了当年对"新红学"大师俞平伯的"政治性围攻",说是"不正确的"。他没有爽爽快快说这是错误,更没有爽爽快快说这是什么人的错误,只是说,"一九五四年因为有人对俞先生的红学研究有不同意见而对他进行政治性批判,不仅伤害了俞先生的感情,也对学术界产生了不良影响"。此中"有人",真是呼之欲出。而俞平伯这些年受到伤害的,又岂仅是感情!

虽然时隔三十多年了，但人们记忆犹新，是领袖写信给中共中央政治局和有关部门，号令他们，"对俞平伯这类资产阶级知识分子"应当"批判"。俞平伯被指责为"反动学术权威"的大人物，写文章批判俞平伯最初碰了壁的李希凡、蓝翎被赞扬为应当得到支持的小人物。

李希凡、蓝翎当时年纪小小，敢于向大师级的学者进攻，精神是可佩的，文章得不到出路也是值得同情的。因此支持展开学术讨论不就行了？然而，却发动了政治性的围攻，斗！

在庆贺会上胡绳有言："学术界的自由讨论是受中国宪法保护的。共产党对这类学术问题不需要也不应该做出裁决。"这是应该受到热烈鼓掌的话。报道中却没有看到是不是有这种反应。

使人奇怪的是，有关庆贺会的报道，《人民日报》似乎一字未登，而和知识分子关系密切的《光明日报》似乎也一样。《人民日报》的海外版是在迟了一天之后才刊出中国新闻社的电讯的。新华社是不是向海内发出了电讯就不知道了。不过，《文艺报》倒是做了较详尽的报道。

"宪法保护"，"共产党不要裁决"，这些话的重要性不需要说了。学术自由，使人记起前一阵另一位姓胡的，职位更高的胡启立，在作家协会会议上强调的创作自由。两位姓胡的都是在做代表性的讲话。

还是回到俞平伯的庆贺会来吧。主要发言人胡绳，是历史学家,人们都知道,但许多人未必知道,他对旧体诗也是有功力的。身为主角,但不是主要发言人的俞平伯,却是有名的诗人和词学家,更是"倒霉"的红学家就不须提了。在这一带有平反意义的庆贺会上,不仅他在新文学创作、古诗词研究上的成就受到肯定,而被否定过的关于《红楼梦》的研究更被肯定为有"开拓性意义",是"卓越的贡献",尽管也有其不足,总算又红起来了。

不知道俞平伯对这个在他来说非同小可的庆贺会是不是有感而作,写成诗词,但他在会上的几句话却颇有诗意:"往事如尘,回头一看,真有点儿像'旧时月色'了。"

"旧时月色,算几番照我,梅边吹笛?……何逊而今渐老,都忘却春风词笔……长记曾携手处,千树压西湖寒碧……"这是姜白石咏梅的《暗香》。还有一首《疏影》,有"篱角黄昏……化作此花幽独"的句子。总而言之,在我们这位八十六岁的老人眼中,这一切都是过去了的"旧时月色"了。

我们的老诗人近年最被人传诵的是这样一首《临江仙》词:

> 周甲韶华虚度,一年容易秋冬,休将时世问衰翁。新装传街里,裙褂拟唐宫。　　任尔追踪雉罨,终归啜泣途穷,能诛褒妲是英雄。生花南董笔,愧杀北门公。

词作于一九七六年。那一年不是他六十岁,而是他和夫人许宝驯结婚六十周年,是这样一个"周甲"。词有自注:"时世,时世装也。街里,天津街也。"江青曾经在天津推行她的时装。"雉"是吕后,"曌"是武后(则天)。"褒"是褒姒,"妲"是妲己。"北门"学士是武则天手下的秀才,在这里就是"四人帮"的写作班子了。有词为证,俞平伯虽然受了这么多年折磨,人已成翁,却是气仍未衰。壮哉!"能诛褒妲是英雄!"

想到当年的小英雄李希凡、蓝翎,想从庆贺会的报道中找出他们的名字,却不可得。我以为,他们既然都在北京(都在《人民日报》文艺部),双双去参加这样一个平反性质的庆贺会,并非是"不需要也不应该"的吧。我以为,争取在会上做一个简短的发言,以"我虽不杀伯仁,伯仁因我而死"的精神,为由他们的进攻而引起的政治性"围剿",使老人受了几十年的屈辱和磨难,而表示一点歉意,也许还是并非"不需要也不应该"的吧。虽然发动"围剿"并不是他们的责任,虽然他们至今依然可以坚持自己在《红楼梦》研究上的意见,而不必违心以从。要服从的只是尊重学术自由的风度。

说完了俞平伯的此际夕阳红,就要说到胡风身后的白喜事了。

他去年六月初去世后,由于追悼会举行无期,不能再停尸等待,秋前就做了火化,当时有人叹息:"胡风寂寞身后事!"却不料新年一到,路转峰回,追悼会终于颇为"风光"地举行了。家人满意,一般识与不识的人听说也多满意。

最初追悼会的搁浅,据说是因为家人不同意悼词中的一些提法,如说胡风怀着复杂的心情进入新社会,如说他宗派主义和小资产阶级立场之类。而这些,在追悼会上由文化部部长朱穆之读出的悼词中是没有了,有的只是称他为"我国现代革命文艺战士、著名文艺理论家、诗人、翻译家"。又特别指出,他在新中国成立初期写的"向往新时代的诗文真实地反映了他当时的精神面貌",肯定了他"对于发展我国革命文艺的功绩",肯定他的一生"是追求光明、要求进步的一生,是热爱祖国、热爱人民并努力为文艺事业做出贡献的一生"。这些都和传说中悼词原来的某些文字转了一百八十度。尽管也还有人说,只称胡风为"革命文艺战士",而不是"无产阶级革命文艺战士",大可玩味,但一般人却认为"革命文艺战士"的桂冠也就够了,这和那顶"反革命集团"头子的帽子是相去十万八千里呢。

家人和朋友都安了心,胡风也大可以真正地安息了。

但还是有些人饶有兴味地在猜测,原来的悼词是出自什么人之手。拖了好几个月不改,可见颇有人坚持。而最后终于改了,又是什么人动了大笔,这才定稿?

也有旁观者对追悼会做了微观的观察,注意到到场的悼者之中,最高的一位高层人物是中共中央政治局委员习仲勋。人们从他平日的一些公开活动中,看得出来他也在过问文化、宣传这些方面的工作。但另外众所周知这方面的主将和副将——政治局委员胡乔木和中宣部部长邓力群,却没有出现,出现的只是他们送的花圈。而平日在这样的场合,他们两人总是亮相的。那两天,他们又似乎不是不在北京,去了外地。

另有人注意到,为什么新华社、中国新闻社和北京几家主要的报纸,在报道中都没有提到周扬、夏衍他们呢?三十年代在上海,他们和胡风之间就彼此都不那么顺眼。五十年代在北京,最高统帅一声令下,奉命向胡风穷追猛打的也正是他们。现在他们又如何?人们的关心是有理由的。遗憾的是这些报道都遗漏了,这可能是无心之失,也可能而更可能是奉命"自律",从报道文字中清除掉了吧。

《文艺报》是应该受到赞扬的。只有它,报道夏衍也送了花圈,因病未能到会,却电话表示了哀悼。只有它,还报道了周扬夫人苏灵扬说,如果重病在医院的周扬知道悼词中对胡风的评价,是"会欣慰的","周扬和胡风应当是好朋友"。事实上,胡风获得平反到北京后,周扬和他已经"相逢一笑泯恩仇"了。苏灵扬的话当然有代表性,代表了周扬。周扬"会欣慰",作为局外人的我们,又何尝不因此也有所欣慰呢。

新华社和多数报道把不应该遗漏的遗漏了,却把不应该写上的写上了,都说到场的有聂绀弩,只有《光明日报》独家正确。聂绀弩这几年一直缠绵病榻,虽然躺在床上还干活——写作,但早就足不出户,年来更是连下床走动都不大可能了,又如何能到遥远的八宝山去?

聂绀弩是几乎被打成"胡风分子"的人。是周扬保了他,这才免于进入"胡风反革命集团",后来被打成"右派"那是另一回事。不过,他和胡风比较有感情(不一定是深交),却是有诗为证的。

胡风一去世,第一个发表悼诗的就是聂绀弩。当悼词的问题在僵持时,他就在诗中表示出沉痛而激愤之情了:

> 精神界人非骄子,沦落坎坷以忧死。
> 千万字文万首诗,得问世者能有几!
> 死无青蝇为吊客,尸藏太平冰箱里。
> 心胸肝胆齐坚冰,从此天风呼不起。
> 昨梦君立海边山,苍苍者天茫茫水。

尸藏冰箱,就是因为悼词僵局而迟迟不能火化的缘故。

胡风是去年六月八日去世的,十日晚上,聂绀弩就写了悼诗,连同平日送胡风的诗一起送出发表了。他有按语说:"仓卒凑句,未拘格律,亦仅一首。余均平日赠君者,体皆七律,录以为吊。"虽说是"平日赠君",但在八二年版的《散宜生诗》中却是一首也没有收入的,直到今年初才问世的八五年的增订本、注释本,才补了进去。四首《有赠》,一首《胡风八十》。而《有赠》的四首中,有一首却不在后来报上发表的那些悼胡风诗中。

《胡风八十》是:

> 不解垂纶渭水边，头亡身在老刑天。
> 无端狂笑无端哭，三十万言三十年。
> 便住华居医啥病，但招明月伴无眠。
> 奇诗何止三千首，定不随君至九泉。

《封神榜》里的姜太公八十岁了还到渭水边钓鱼。《山海经》中的刑天被砍掉了头还能活着，坚持战斗，陶渊明有句："刑天舞干戚，猛志固常在。"胡风头虽未亡而又似乎亡了，因为他有一个时候神经失常，"无端狂笑无端哭"（这是借苏曼殊现成的句子）。胡风在狱中写了许多"奇诗"，定可流传，不会在将来随之去九泉，身亡也诗亡的。

"无端狂笑无端哭，三十万言三十年"，就对仗来说，并不工整，就写事抒情来说，却沉痛极了。朱穆之在悼词中提到："胡风同志于一九五四年七月间向党中央写了《关于几年来文艺实践情况的报告》（即《三十万言书》）。对于他的意见是完全可以和应该在正常的条件下由文艺界进行自由讨论的，但是当时却把他的文艺思想问题夸大为政治问题。进而把他作为敌对分子处理，这是完全错误的。"当时是什么人把他"夸大为政治问题"，并"作为敌对分子处理"的呢？事在最高一人！

《有赠》四首之一是：

> 龄官戏串牢坑里，阿Q人生天地间。

得半生还当大乐，无多幻想要全删。
百年大狱千夫指，一片孤城万仞山。
客子休嗟泥滑滑，河洲定有鸟关关。

《红楼梦》里的龄官对要他学唱戏这回事，说是"你们家把好好的人弄了来，关在牢坑里学这个牢什子"。《阿Q正传》中，阿Q"他以为人生天地之间，大约本来有时要抓进抓出"的。

《有赠》之二是：

谈孺子牛俯首甘，见先生馔口涎馋。
儿童涂壁书忘八，车马争途骂别三。
世有奇诗须汝写，天将大任与人担。
买丝若绣平原像，恐使嵇生更不堪。

"书忘八""骂别三"据作者说典出鲁迅文章。"奇诗须汝写"，《胡风八十》又有"奇诗何止三千首"之句，可见聂绀弩对胡风的推崇，其实他的旧体诗比胡风的要高明得多。"买丝若绣平原像"一作"思绣"；"恐使嵇生更不堪"一作"八不堪"。嵇康《与山巨源绝交书》自称性格有七不堪，八不堪是更胜一筹了。

《有赠》之三是：

物无禾马东西海,人有主宾上下床。
驴背寻驴曾万里,梦中说梦已千场。
补天共比通灵玉,画虎人呼告朔羊。
偷比老彭吾岂敢,一山溪水一汪洋。

"驴背寻驴",滑稽;"梦中说梦",荒唐。画虎而像祭祀用的死羊,比画虎而类活犬就更可笑了。如果"偷比老彭"是和胡风比,"一山溪水一汪洋"就未免太自谦吧。这却不大像聂绀弩的性格。

《有赠》之四是:

岂关风雨故人怀,自挈湖山入梦来。
净扫浮云瞻玉垒,同骑骏马觅金台。
英雄天下诗千首,花月春江酒一杯。
斯是海棠开日梦,至今重盼海棠开。

这首诗是报上发表的平日赠诗中所无的,报上有的是另一首:

人在至忧心白发,诗经大厄句长城。
十年暌隔先生面,一夕仓皇万里行。
最是风云龙虎日,不胜天地古今情。
手提肝胆轮囷血,呆对车窗站到明。

这首诗却又是增订本《散宜生诗》没有的。从诗意看来，像是当年胡风被远远地押解川边时所写。

抄了这么多首聂绀弩写给胡风的诗，是因为认为他才是颇有奇诗、常有奇句。新旧体诗都写的胡乔木，就极力称赞《散宜生诗》是"一株奇花——它的特色也许是过去、现在、将来的诗史上独一无二的"。这是实事求是的说法。

而胡风终于有了这一场白喜事，也是实事求是的做法。说白喜事，难道不可喜吗？

附记：

上元灯节之夕，读到了红学专家周汝昌《满庭芳》新词一首，词前的小序说："一九八六年一月二十日俞平伯先生学术花甲纪念会上，适与吴小如兄邻座。追忆前尘，恍然久之。东坡词起云'三十三年'，今用之以为首句。"

三十三年，再逢同座，相看鬓已全霜。倩谁重认，惨绿少年郎。多少风烟花月，休回首漫拟沧桑。人间重，晚晴新眺，高阁瞰微茫。　　荒唐因一梦，痴人争说，圣者难详。况为蝶为周，何碍平康？忽见满堂高会，浑不信学术无光。寒灯底，推裘危坐，有事动诗肠。

学术现在是因自由而有光了,无自由的时候也就黯然无光。学术无光,学人失色,愿这样"荒唐"的岁月"掷与巴江流到海,切莫回头"吧。

前几天,又读到俞平伯四年前的一首五绝:

凭谁支病眼,真见海为田。
荏苒冬春再,天元甲子年。

那一年是壬戌,而前年是甲子。作者说他之所以写这首小诗,是因为记起了一九四九年所作的《寒食凤城行》,诗已失去,只记得结句是:"共谁留命桑田晚,能见天元甲子年。"当时以为还有三十五年才是甲子,未必能够见到,没有想到荏苒冬春,三十三年过去,还有两年就是甲子了,更没有想到,不仅甲子又一次,而且在紧跟在后边的乙丑(八六年一月二十日还是乙丑,未入丙寅),还看到了对自己的平反,"真见海为田",恶浪已逝,平畴绿生,未来应是满眼芳菲的好光景。那就"恭喜、恭喜"了。

一九八六年二月元宵后一日

冯雪峰十年祭

二月快要过去,作为春节尾巴的元宵也到了,本来说是要有一个冯雪峰逝世十周年的纪念会和学术讨论会的,却一点"楼梯响"也听不到,更不要说看到"人下来"了。

冯雪峰是一九七六年一月最后一天去世的,而那刚好是农历正月的最初一天——丙辰元旦。

人们此刻所能看到的,只是《新文学史料》季刊去年第四期预先出版的《纪念冯雪峰逝世十周年特辑》的十篇文章,包括胡风《深切的怀念》和胡愈之《我所知道的冯雪峰》。这"二胡"现在也都成了古人,胡愈之在看过自己的署名文章以后不久就去世了,而胡风更是连看一眼自己署名文章刊出的机会都没有就已经一瞑不视。

胡风的追悼会拖了半年之久,不久前才举行。半年的时间触礁在悼词上。

冯雪峰的追悼会就更是拖了三四年,也有着悼词问题,但不是为悼词触礁,拖延是为了等待平反。平了反才能正式开追悼会,非正式的追悼会在他去世九天以后曾经在人民文学出版社内部举行过,那是只有哀乐和泣声而不能有悼词的追悼会。

七九年冬天公开而正式的追悼会举行时,悼词是有了,却不许有这样的句子出现:"沟通鲁迅与党的关系","在周总理领导下工作"。据楼适夷说,这是出于可敬的某公之意。果然如此,那就实在使人惋惜!

提起夏衍,不禁使人记起前一阵举行的庆祝他从事文艺工作六十五周年的活动来。有人注意到,没有什么中央大员光临。有人因此感到冷。有人就此解释说:类似的红白喜事太多,大员不能每事都到,不久以后就是冯雪峰的逝世十周年纪念,为了平衡,两个都不去。红白之间也要讲平衡?有些怪!其实,用历史的眼光来看,大员的光临与否,何足道哉!在文艺的史册上,某些大员又哪里会有冯雪峰、夏衍的名字更有光辉呢。

冯雪峰最早是以"湖畔诗人"的清姿出现于文坛的。湖是西湖。一九二二年,他和潘漠华、应修人、汪静之在杭州成立了"湖畔诗社",出版了《湖畔》诗集,扉页上两句题词:"我们歌笑在湖畔,我们歌哭在湖畔。"一笑一哭,这仅仅一字之差的两个句子倒是很能为二十年代的一些年轻有识之士传神的。

作为诗人,他一生写的诗并不多,却很受到同时代一些作者的推崇。和一些诗人一样,他多年写新体诗,晚年也写了一些旧体诗。

《新文学史料》印出了他的一首七律《探日》的手迹:

夸父欲探日出处,即行与日竞奔波。

直朝旸谷飞长腿，不惜身躯掷火涡。
饮尽渭黄不止渴，再趋北泽死其阿。
英雄建业多如此，血汗曾流海不过。

对他的诗推崇得最厉害的，莫过于近年诗名大振的聂绀弩了。在《雪峰六十》四首中，聂绀弩这样写道：

小帽短衣傲一时，灵山献颂见襟期。
头颅险在上饶砍，名姓岂为中国知。
扬州明月茅台酒，鲁迅文章画室诗。
他人有此或非乐，我老是乡将不辞。

"画室"是冯雪峰的笔名。把画室诗和鲁迅文章相提并论，和扬州的明月、贵州的茅台相提并论，引以为乐，乐不思离，宁愿终老此乡，这样的推崇也真是不能再高了吧？

他也是十分推崇冯雪峰的文章以至为人的。一九六三年，冯雪峰为了搜集材料，写作长篇小说《太平天国》，沿着当年太平天国起义军的进军路线，去广西、湖南、湖北考察了三个多月。聂绀弩写了《雪峰南寻洪杨遗迹》四首为他送行，第一首就说：

手提椽笔向山川，细检王图入简编。

草泽狐鸣惊大宝,鹑衣虎吼奋金田。
风流人物何今古,水浒文章与后先。
我欲随行携一帚,为君纸上拂尘烟。

携帚、拂尘,使人想起旧小说中愿为英雄人物随镫执鞭的话。在另外的诗中,他又有"太平天国多才杰,臣力犹堪施与罗"的句子,把冯雪峰和施耐庵、罗贯中相比,也就是把《太平天国》和《水浒》相比,"水浒文章与后先",可以互相媲美呢。可惜这部冯雪峰自认为很有把握、而朋友们也认为他一定会写得好的巨著,却由于作者受到的种种磨难和遭遇,只是开了个头,而终于无法完成,实在是中国文坛的一个不幸。

另一不幸是,他已经完成了的一部以红军二万五千里长征为题材的长篇《卢代之死》,虽然完成了,却又由他自己亲手烧掉。那是一九六一年,他挨批戴帽而又给他免冠以后,决心从事创作,有人对他说:"你搞创作可以,但不宜写伟大的长征。"他于是含恨毁去了原稿。这是《卢代之死》的"死在第二次"。第一次是死于四十年代之初,那时他在故乡被国民党逮捕,关入上饶集中营,这部刚刚完成的长篇也被没收而变为从此没有。六十年代初作者让《卢代》重生,不料方生即死!这是一部五十万字的长篇啊!

正是因为"不宜"写现代史上红军的长征,他就决心写近代史上太平军的长征了。由这个参加过二万五千里长征的战士来写《太平天国》，有它颇为适宜的地方，他不仅考察过洪杨遗迹，也还在当年石达开败亡的大渡河畔且战且走，和别的红军战士一起，征服过许多天险，取得了前人没有的成功。聂绀弩在送他南行考察的诗中还有这样一首：

> 千山俯首万山低，草地行军百鸟啼。
> 倾酒濯缨茅镇北，哦诗叱马夜郎西。
> 曾经龙虎风云会，最解天朝始末题。
> 此日江南烟景好，风衣雨伞不须携。

曾经长征风云，因此"最解天朝始末"，这是对他最好的期许。

《新文学史料》特辑的文章中，提到人民文学出版社当年有一位老作家在担任副总编辑，当冯雪峰挨批戴帽后，还是毫不避讳地表示，他依然愿跟冯雪峰的路走。文章没有写出这位老作家是谁，但使人感到十分有可能就是聂绀弩。那时候，冯雪峰是人民文学出版社的社长兼总编辑，而聂绀弩是主管古典文学的副总编辑。

他们两人显然是感情极好的，有诗为证：

> 荒原霭霭雪霜中，每与人谈冯雪峰。
> 天下寓言能几手，酒边危语亦孤忠。
> 鬓临秋水千波雪，诗掷空山万壑风。

言下挺胸复昂首,自家仿佛即冯翁。

这大约是聂绀弩写他自己在北大荒下放劳动时和人谈冯雪峰的情景,谈得眉飞色舞,昂首挺胸,忘乎所以,就好像在谈自己的事情,就好像自己就是冯雪峰在作夫子自道,写得活灵活现,十分传神。运用旧体而能有这样的效果,是聂绀弩诗的一绝。

"天下寓言能几手",是赞冯雪峰那一百七十几篇寓言,"酒边危语亦孤忠"又是说些什么呢?

特辑的文章中提到,尽管毛泽东对冯雪峰有过苛刻的批评,但冯雪峰却一直对毛泽东保持冷静的分析,有着刘宾雁所说的"第二种忠诚",认为他是个全才,周恩来也比他不上。周恩来是个好管家,但还得毛泽东来当家。全才不仅说他是伟大的政治家、理论家和伟大的战略家,也说他的文才之全,旧体诗写得好,词更好,新体诗也在行。冯雪峰提到,毛泽东有过三句打油诗,以"蒋干宋美龄"开头,二、三句是调侃林伯渠、李维汉夫妇的,要求座中人续第四句,没有人续得上,由于太难,"因为其中的动词必须是小说中的人名,又必须富有幽默感,还必须与调侃对象沾上边"。可惜文章没有写出二、三句来,看不到真正属于毛泽东的妙句如何。第一句是流传很广的"成句",恐怕并非毛泽东的创作,正是这一"成句"引起他的"诗兴"而续上后两句的。冯雪峰还说了一些"毛主席那喜欢向身边同志开些比较豪爽的玩笑的事"。

当然,那是说延安时期和更早一些时候。新中国成立后由于地位变了,情况就可能不同了。最大的不同在于受小人包围,"加之他目力所注,又是在中国过去的二十五史,而不在当今飞速发展的外部世界,所以就很难意识到自己的错误"。这样的话现在从不少人口中也可以听到,但冯雪峰说这些时,却还是在"文化大革命"时期,他自己既戴过"右派"帽子又戴了"反革命修正主义分子"的帽子,还有胆说出这样的话就实在不容易了。

冯雪峰和鲁迅是有过很深的关系、很密切的交往的。但他却认为,有许多对于鲁迅的宣传,是既把他捧成"神",又把他"肢解"得不成样子。他又指出,毛泽东把鲁迅诗"俯首甘为孺子牛"的"孺子"解释为人民大众,是天才的阐释,但鲁迅原来写的却就是自己的儿子海婴,卑之无甚高论。特辑文章中还提到,当年有一位"德高望重的老同志",常在报刊上用显著的标题发表一些配合政治运动谈论鲁迅的文章,每发表一篇,冯雪峰就要遗憾一次,说是鲁迅已经被"肢解得不成样子了,何必再去推波助澜"。读到这里,就不禁使人想起周建人的一些文章来。

在冯雪峰去世十年以后一般人才知道他的这些言行。就更加觉得,斯人也,真是太值得人们怀念和纪念了。

这是冯雪峰的《雪的歌》:

我从暗黑的天空，飘落到暗黑的地上，
一片一片的飘飞：
一片雪影儿一个光。
一个光随附着一个雪影儿：
…………
…………
我以晶亮纯青的光，
俯视着浓绿的大地，
而人们敬仰着我，
将我看作最高洁的表象。

冯雪峰不就是这样高洁的雪、那样高耸的峰吗？

躺在病榻上眼也不大睁开、话也不怎么说的聂绀弩，在极度衰弱中，不久前为冯雪峰的逝世十周年写下了两首七绝，是他最新的作品：

月白风清身酒店，山遥路远手仇头。
识知这个雪峰后，人不言愁我自愁。

干校曾经天地秋，归从干校病添愁。
相逢地下章夫子，知尔乾坤第几头？

章夫子是章太炎。章太炎《狱中赠邹容》诗:"邹容吾小弟,被发下瀛洲。快剪刀除辫,干牛肉作糇。英雄一入狱,天地亦悲秋。临命须掺手,乾坤只两头。"章、邹两头之外,地下又添上冯雪峰这一颗新的英雄头颅了,可见在聂绀弩眼中、笔下,真是"雪峰高耸大江横"的。

聂绀弩的《挽雪峰》诗中,有着传诵一时的名句:"文章信口雌黄易,思想锥心坦白难。"为许多经历过反右、"文革"的中国知识分子,道尽了无限甘苦。"锥心"初作"交心",和"坦白"都是流行语,我以为"交心"更好。

一九八六年二月下旬

附记:

在丁玲去世后的第四天,在朱光潜去世后的第二天——三月七日,冯雪峰逝世十周年纪念座谈会终于举行了。这距离他逝世十周年的日子有三十五天。在北京,这是很平常的迟延,想来没有什么特别的原因。能举行,就好了。

而且乔木还做了主要的发言,在指出冯雪峰的贡献和功绩是不可磨灭的以后,还提道:"三十年代,冯雪峰与周扬、夏衍等其他'左联'领导人曾有过争论和误会,这件事文艺界至今还有不同看法。在冯雪峰晚年,周扬和冯雪峰表示了相互谅解。"这里没有提到夏衍。

据说,"文革"后周扬一出狱就去探望冯雪峰。事后冯雪峰写出了一篇寓言,两只消除了多年误会的锦鸡,在相会之际,各自拔了一根锦毛相赠。

一九八六年三月追记

又记:

今年的三月有些不吉利。月初是丁玲、朱光潜先后去世,到了下旬,聂绀弩也在二十六日"淡出"于人世,属于油干灯尽,不是突然病发带来的生命变化。

这一来,《雪峰十年祭》这两首七绝,也就成为他的绝笔。这以后,他再没有过什么新的诗文。而"相逢地下章夫子,知尔乾坤第几头"的句子,也就似乎有点"语谶"的味道了。说说而已,这和迷信无关。但"绀弩体"的旧体诗可能如《广陵散》从此绝矣,悲夫!

三月二十七日

空前绝后聂绀弩

不是垂纶渭水旁,直同仗剑在沙场;
漫云槁木三年久,谁觉寒灰半点凉?
尚有文章惊草木,更将诗句写肝肠;
忽然跃马黄泉路,要与阎君战玄黄?

不是琼楼最上层,劲松高卧似孤僧;
金红三水澄潭月,心赤千秋玉壶冰。
掷匕投枪牛鬼走,悲风祭雪夜光凝;
空前绝后非虚语,诗派独开一竟陵。

今年的三月在文艺界中出现了三次不幸,月初,是丁玲和朱光潜在三天之中先后去世,而月底又有了聂绀弩去世的不幸消息。对于一些年长的作家,真是"三月花时哭故人"(秦似悼绀弩句)了。

清明节后的第三天,在聂绀弩遗体告别仪式的礼堂内外,悬挂着不少挽联、悼诗。礼堂门口是启功和钟敬文的挽联。

革命抱忠心，何意门中遭毒手；
吟诗惊绝调，每从弦外发奇音。

启功的这一联是全场最受注视的。他为聂绀弩从五十年代到七十年代的二十多年中备受折磨，控诉了那"毒手"，那来自"门中"的毒手。所谓"门中"，可以会意，就不必言传了。他为聂绀弩的诗篇赞"绝"、称"奇"，这又一次使人记起胡乔木对这些诗篇的评价：它是"作者以热血和微笑留给我们的一株奇花——它的特色也许是过去、现在、将来的诗史上独一无二的"。

聂绀弩是以杂文家知名于世的，他后来写诗，也只是写新体，不写旧体，直到五十年代之初才逐渐写起旧诗来，也许他自己没有想到会以旧体诗而名满天下。这里的"天下"当然是说中国。

晚年竟以旧诗传，自问恐非初意；
老友渐同秋叶尽，竭忠敢惜余生。

钟敬文的这一联就大有"余岂好旧诗哉，余不得已也"之意。不必去问这位老教授的意思是什么，人们可以自作猜想：杂文不好写了，诗意总是可以较含蓄一些的，而旧体诗就比新体诗更能含蓄，那就写旧诗吧。

这也许是曲解。而聂绀弩的自白却是十分有趣的。

他在《散宜生诗》的自序中一开始就说："一九五九年某月，我在北大荒八五〇农场第五队劳动，一天夜晚，正准备睡觉了，指导员忽然来宣布，要每人都作诗。说是上级指示，全国一样，无论什么人都要作诗。"这真是趣事！"说是要使全中国出多少李白、杜甫；多少鲁迅、郭沫若。"这更是趣语！

"这个要求一传达，不用说，马上引起全体震惊和骚嚷。"我们此刻所能引起的当然不是这些，而只能是好笑。接下去，就又是这样一个好笑的场面："……立刻每人炕头都点上一盏灯，这房里是两条几十人一条的长炕，一时百来盏灯点起来。满屋通明，甚于白昼。"这是当年流行的挑灯夜战，不过是另一种形式，不是从事艰苦的体力劳动，而是进行艰苦的脑力劳动。大家这时"都抽出笔来，不知从何处找出纸来，甚至有笔在纸上划得沙沙作响。但另一方面又几乎全体在嚷不会作诗，乃至自己是文盲半文盲等等"。

可想而知，绝大多数人是作不出诗来的，而绀弩却是例外，因为他自从戴上"右派"帽子"发配"到北大荒劳动后，从未劳动过的他一边因劳累不堪而怨天尤人，一边却又因有新鲜的感受而有了创作的冲动。"领导不教写，还想偷偷地写，何况强迫要写？"正是得其所哉，正中下怀?

"于是这一夜，第一次写劳动，也第一次正式写旧诗，大概大半夜"，就交出了一首七言古体长诗。第二天领导却宣布他作了三十二首,因为这首古风有三十二个四句!不要笑这位领导吧,海内外的一些报纸上,不时把两首绝句说成或排成一首诗,或把一首七律说成或排成两首诗,这样的事有得是呢。

聂绀弩说:"我就是这样开始作旧诗的。"因为那以后每隔几天就要来一次这样的挑灯夜战诗创作。可笑的事情终于也产生了这样一个可喜的结果,造就了以"散宜生"为笔名的一位名诗人。钟敬文说是"恐非初意",事实就是如此!

聂绀弩的一生,是始于杂文,而终于旧诗的。他的两首七绝《雪峰十年祭》写在八五年十一月底,是他的绝笔。从此就再没有写出什么诗文,他很想写贾宝玉论,说是等这篇东西写成以后,要他到哪里去都行。但阎王却要其到他那里去,而且不肯满足这位春节前夕刚满八十三岁的老作家的良好愿望,硬要他放弃宝玉,掷下笔走了。

"绀弩是从容地走的。朋友,谢谢您来向他告别。"这是绀弩的老伴、被他在诗题中称为"周婆"的周颖,在遗体告别仪式中送给吊客的小小谢帖上印的话。他是油干灯尽,生命由极度衰竭而平静地完全结束的。

吊客中有黄埔军校同学会的代表如郑洞国。聂绀弩当年是他们的同学。他在北伐中还参加东征之役,打过仗。后来才弃武就文。他和康泽也是同学,还颇有私交,他们是莫斯科中山大学的同学。

吊客中有许多作家、学者,诗人是不消说了。聂绀弩也是以对中国古典文学,特别是传统的小说有精辟的研究而著名的。他所写的有关《水浒》《聊斋》《红楼梦》《金瓶梅》……的文章,不以量而以质胜,很受推崇。山东的《水浒》研究室和蒲松龄纪念馆都派专人来参加遗体告别仪式。

杂文、旧诗、中国古典小说的研究,可以说是绀弩三绝。有这样一副挽联,是何满子的:

从坎壈中来,旧诗洗宋唐陈套;
为战斗而作,杂文及鲁迅精神。

写出了两绝,还欠一绝。另一挽联就比较全面:

新闻记,古典编,杂文写,无冕南冠,白发还生,散木岂不材,瘦骨嶙峋,绝塞挑灯题野草;
史诗作,狂热问,浩歌寒,盛世颓龄,青春焕发,故交伤永别,千秋旷代,骚坛刮目看奇花。

聂绀弩青年时代就在南洋编过报纸,中间在上海、在桂林、在重庆也都编过报纸的副刊。抗日战争胜利后,在重庆《新民报》时还以副刊文章惹祸,受到追捕,避到香港。他在新闻工作上的最后岗位是香港《文汇报》总主笔。后来回到北京就去主持中国古典文学的研究,而结束了"新闻记",进入了"古典编"。

这一联的作者如果说出来，恐怕会受到"刮目看"的。是一位高龄的老太太陈风兮，如果要称呼她太太的话，那就是"金老太太"，她已故的丈夫是许多人都曾闻其名的作家金满成。

这里还要提到一副"倾盖八友"的挽联：

> 松柏后凋，仅有严霜偏耐冷；
> 氛埃粗定，不须雪涕更招魂。

联语虽然一般，但署名却可注意：王以铸、吕剑、宋谋玚、荒芜、孙玄常、陈次园、陈迩冬、舒芜。加上聂绀弩，就是《倾盖集》的全部作者。本来是九个"倾盖"，现在却只余下"倾盖八友"了。这九人的诗词合集包括了王以铸的《城西诗草》、吕剑的《青萍结绿轩诗存》、宋谋玚的《柳条春半楼诗稿》、荒芜的《纸壁斋诗选》、孙玄常的《瓠落斋诗词钞》、陈次园的《影彻诗词稿》、陈迩冬的《十步廊韵语》、舒芜的《天问楼诗》和聂绀弩的《咄堂诗》。全部《咄堂诗》在《散宜生诗》里都有了。

舒芜原是所谓"胡风集团"的，却因在批判"胡风集团"时和这个"集团"有了不愉快的分离。他后来在聂绀弩主持的人民文学出版社古典部工作，两人交情深厚。但是，这却一直无碍于绀弩和胡风的深厚交情。

这里又要提到一首悼诗：

> 以诗作诔已寻常,夫吊遗容欲断肠;
> 天硕繁星空月冷,缁衣绀里大弩殇。

这是端木蕻良写的七绝。据说绀弩一直不满端木对萧红的态度,使他们长期疏远,但端木还是以诗表示了自己的哀思。

彭燕郊的挽联说:

> 悲真喜真怒更真,常于无意以真克不真;
> 文奇诗奇遇亦奇,能凭本色处奇如无奇。

真就是聂绀弩的本色,绀弩的性格。

真,天真,有人说绀弩的性格很天真。如果用科学的语言来说,也可以说是乐观主义的精神吧;如果用革命的语言来说,更可以说是战斗的乐观主义吧。仿佛似之,也许有这么一点。纵使不能在这中间画上等号,但他也总是具有很强的乐观主义精神而无疑的。从文(更从诗)到人,都可以看到;要不然,二十多年的折磨早就把他压倒了。还能顶得到八十年代的第七个春天?

现在要回到最前边的两首七律了。据说那是一位香港友人的悼诗,它正好写了聂绀弩的乐观主义的精神。

半年来,至少有三四篇文章提到聂绀弩躺在病床上,看来像是一截木头,呆呆的,就像鲁迅笔下的《出关》中的老子。

但他却在这种"槁木"式的情状下,写诗、作文,产生了使人敬佩的作品。他卧床已经快十年了,一九七六年从山西以"特赦"的"国民党县团级以上人员"的身份(真是天晓得!)回到北京后,就衰弱得躺在床上,最近两三年来,连下床走动都不大行了,但他还是坚持写作,写作,而写出一些惊人之作。槁木、寒灰,有些像却不是。以他这样的精神,就算下黄泉去,也将是"要与阎君战玄黄",而不是闭眼、撒手,无所作为的吧。

需要替他加一点注解。

"不解垂纶渭水边"是聂绀弩为《胡风八十》寿辰写的诗句。姜太公当年是八十高龄在渭水滨垂钓的。

"劲松"是北京的一个住宅区,聂家就在这个区的一处三层楼上,不是最上层。当他骨瘦如柴时(看看他的臂和腿就不能不使人想起这样的形容词了),那瘦削的面孔就更加像个枯瘦的老和尚。

"金红三水之斋"是他曾经用来为自己的居所命名的。指《金瓶梅》《红楼梦》《三国演义》和《水浒传》。也有人说,是"三红金水之斋"。反正是一个意思。这大约是他主持古典小说研究时期的事。

匕首投枪都是杂文。悲风祭雪呢?他第一个写诗哀悼胡风,他最后一次写作《雪峰十年祭》的诗篇追怀亡友而成为绝笔,都是使人感动的。

"空前绝后"当然是指对他的旧体诗的评价了。他是湖北京山人，京山就是古代的竟陵。明末文坛出了一个公安派，一个竟陵派，各以小品文显出特色，都是他们湖北的特产。虽然这些文章和聂绀弩的诗文毫不相干如风马牛，但他一人也可以自成一个前无古人、后无来者的竟陵诗派吧。

一九八六年四月

现在要再注一笔，这位写诗的"香港友人"就是我。当时我幽居北京，还没有发表作品的权利，更不能在香港发表，因此就故弄玄虚了。

一九九六年四月

王力"文革"《五哀诗》

一九八六年的春天,从北京未名湖畔带走了两位学术界的大师,在美学大师朱光潜之后,语言大师王力也以世纪同龄人的身份,先二十世纪而去世。

如果加上丁玲和聂绀弩这两位作家,这个春天"作古"的著名文化人就有四位之多。损失是大的。有人也许会把它归咎于哈雷这颗"扫把星"带来的不祥吧。事实上,他们都是八十以上的人了。

今年是祸国殃民的"文化大革命"二十周年。想到它,人们就容易想到王力,不过,那是另一个王力,"王关戚"的王力,"文革"中昙花一现的人物王力、关锋、戚本禹。他们初初活跃于"文革"舞台时,还有人奇怪,名教授王力怎么会突然变成这个样子?其实那时候,我们这位"杰出的语言学家、教育家、诗人和翻译家"的王了一先生,正和千千万万的知识分子一样,在受着"文革"百千万劫般的苦难。

语言学家、教育家、诗人和翻译家,这是他去世后新华社的报道给他加上的四顶冠冕。语言学家,只要看看他近千万字的著作,他的两个名誉——中国语言学会名誉会长和中国音韵学研究会名誉会长,就可以明白。教育家,他的从清华、燕京到北大的五十多年教学生涯(其中北大占了三十多年),使他真是桃李满天下。诗人,有诗为证,是《龙虫并雕斋诗集》。翻译家,他早年翻译了二十多种法国小说、剧本、诗集在商务出版,得到审稿的叶圣陶(绍钧)的极高评价,说是"信达二字,钧不敢言,雅之一字,实无遗憾"。但据说,对于这四项桂冠,第三项的诗人,有人觉得是比较弱了,特别是和第一、二项的语言学家、教育家相比。论语言学,他是当之无愧的大师,而谈到诗,那就不能说是大家,倒不一定是由于他只留下了百首左右为数不多的诗词。

又据说,他曾经向他的大儿子秦似(王缉和)表示过,论诗,可能父不如子,因为自觉他的"诗味"不足。这真是老先生的高度谦虚!

他这谦虚还形诸笔墨,甚至有诗为证。在他所译的波德莱尔《恶之花》中,有译者序诗三首,第一首就说:

> 为信诗情是别肠,生平自戒弄词章。
> 蜉蝣投火心徒热,鹁鸪鸣春语不香。
> 岂有鸿文传鹏鸟,羞将秃笔咏河梁。
> 深知遍体无仙骨,敢与骚人竞短长。

为什么要戒诗呢?说来有趣,这还牵涉朱自清、俞平伯对诗名满海内外的郁达夫的评价。王力很欣赏郁达夫的诗，一九三二年他从法国回国后，在清华大学教书，一次偶然在朱、俞面前大赞郁达夫的诗才，俞平伯说："他的诗很浅。"朱自清加上一句："浅，就是不好。"王力很受震动，心想："像郁达夫的诗才还不算数，我们岂不是碌碌余子吗？我看见一位诗论家说过：'诗有别肠。'意思是说，会写散文的人不一定会写诗。我从此自戒不要再写歪诗了，以免贻笑大方。"朱、俞两位的议论，自有道理，在他们看来，郁达夫的诗是不免"浅"了，却忽略了另外一面，郁达夫是的确有"诗才"的，作品是的确有"诗味"的。浅的诗，可能有深的味，而貌似深的诗篇，有时反而味浅。

《恶之花》序诗作于一九四〇年。从《龙虫并雕斋诗集》可以看到，"文革"以前的作品只不过十多首，绝大部分的诗篇都是"文革"以后所作，而一九八二年的篇章又几乎占了三分之一。这一年，正是作者把诗篇结集出版之年，不免使人有这样的错觉，这些诗仿佛是为出集子而赶写出来的。

他自己却说是"应景"。"一九五七年，我的《汉语诗律学》出版了。后来又出版了《诗词格律》和《诗词格律十讲》。于是人们都误会，以为我是诗人。他们不知道，会讲格律的人自己不一定是诗人，正如会讲运动规则的人自己不一定是运动健将一样。这正有些像我说过的，写出了《诗品》的司空图和写出了《沧浪诗话》的严羽，都没有写出使人历久难忘的叹赏不已的好诗。"

但是,王力却因"误会"而破了诗戒,成为诗人。他说,正是"由于这种误会,我不得不写一些应景诗。特别是最近三年来,我的应景诗越来越多了。虽然也有几首抒情,但是诗味不多"。这里所说的最近三年,是从一九八〇年开始,而八二年到了巅峰。

巅峰之年的第一首诗,是《庚申元旦遣兴》,有"漫道古稀加十岁,还将余勇写千篇"之句,这是常常被人们提到的句子。这一年,他八十岁,"古稀加十"。第二首诗是《赠内人》:

> 甜甜苦苦两人尝,四十五年情意长。
> 七省奔波逃狁狁,一灯如豆伴凄凉。
> 红羊溅汝鲛绡泪,白药医吾铁杖伤。
> 今日桑榆晚景好,共祈百岁老鸳鸯。

七省奔波是从北到南逃避日军;一灯如豆是抗战期间在昆明西南联大的艰苦生活。红羊是一九六七丁未年的"文革"浩劫;铁杖是一次批斗中他被人用钢管打伤了。这是外伤,据目击者说,还有一次深深的内伤。好些次挨打,他都默默顶住了,而有一次,一个红卫兵,并不打他,却是轻佻地用手去摸他的秃顶戏弄他,这一次,使他流下了挨打的时候也从来没有流过的眼泪,成了一次"触及灵魂"深处的内伤。"士可杀而不可辱",他为如此受辱而凄然下泪。

一九八〇这一年,既是王力八十寿辰,又是他从事学术活动的五十周年,北京为他开了一个庆祝会。他写了一首《浣溪沙》:

自愧庸才无寸功,不图垂老受尊崇。感恩泥首谢群公。
浩劫十年存浩气,长征万里趁长风。何妨发白此心红!

"浩劫十年存浩气"这一句,更是人们常常引用而称道的。

对于十年浩劫,他还有五首《五哀诗》。一哀老舍,二哀翦伯赞,三哀吴晗,四哀周予同,五哀刘盼遂。

自古文人厄运多,堪嘘魑魅喜人过。
龙须沟水成陈迹,今日明湖当汨罗。

《诗集》的注文说:"明湖,指团结湖。十年内乱期间,老舍备受迫害,惨遭毒打,一九六六年,投团结湖而死。"但也有人说,是死在积水潭。还有人说,未必是自杀,未尝不可能是他杀。此所以吴祖光以中国老舍研究会会长的身份,在三月间举行的全国第三次老舍学术讨论会上,呼吁查清这一疑案:二十年前老舍先生是怎么死的?他到底遭受了什么样的压力?是谁迫害了他?

> 马班事业一家言,让步何堪大罪论!
> 大狱株连莫须有,夫妻服毒死含冤。

《诗集》的注文说,历史学家翦伯赞因刘少奇这一大狱而受株连,夫妇双双在一九六八年服安眠药自杀。翦伯赞有"让步论",他认为一个封建王朝初建立时,都对人民实行让步政策,促使生产恢复和发展,这也在"文革"中成了他的巨大罪名。

> 海瑞何如吴子忠?拘囚远比罢官凶!
> 贾生流涕浑无补,赢得灾殃及汝躬。

吴子是吴晗,他的《海瑞罢官》是"文革"开刀的第一个目标,他因此不得不死在狱中了。

> 经学渊源自不群,妄将尊孔厚诬君。
> 传车押解山东去,带锁披枷掘孔坟。

周予同是经学家,在"史无前例"的十年中,被指为尊孔而狠批是应有之义。注文说,他却不仅仅被批而已,还被"像囚犯一样押解到山东曲阜,让他亲手去挖孔子的坟墓"。这就是"文革"!

博学宏词属老成，醇儒应与世无争。
屠躯底事遭鞭挞，水甕埋头竟丧生！

刘盼遂是北师大的教授，是在"文革"中被殴打致死的。注文说："被打死后，尸体又被倒栽在水缸里，说是自杀的。"类似的例子，在"文革"中真是不胜枚举。那真是一个"悲惨世界"！

王力是广西博白人。白州绿女是乡亲，王力有个著名的乡亲，是晋代的美人绿珠。绿珠是巨富石崇的爱妾，大官孙秀指名向石崇索取不得，就唆使赵王伦杀了石崇。石崇在被杀前，先迫绿珠跳楼自杀。"繁华事散逐香尘，流水无情草自春。日暮东风怨啼鸟，落花犹似坠楼人。"这是唐人的诗，而王力的诗《咏绿珠》如下——

玉楼人杳笛声沉，空剩黄鹂啭好音。
王母双成原彩凤，侯门一入是笼禽。
逞豪自有量珠兴，促死曾无惜玉心。
惆怅草荒梁女墓，诗人取次动哀吟。

自注说："《博白县志》有诗云，朝出绿萝村，晚游绿珠渡。日落白州城，草荒梁女墓。"

《诗集》注文引《岭表异录》说："绿珠井在白州双角山下。

昔梁氏之女有容貌，石季伦为交趾采访使，以真珠三斛买之。"博白不仅有绿珠井，还有一条绿珠江。

绿珠是博白人，这有可能；但博白而有绿珠墓恐怕就是古人的附会了。她死在北方，死时石崇的家也破了，总不可能有人千里迢迢把她的尸骨运回岭南的家乡安葬吧。

博白据说还是杨玉环的故乡呢，至今还有一个村子，有一半人家姓杨。这就更要列入信不信由你之类了。

王力还有《游芦笛岩》七律一首，咏桂林风景，他还有一副把桂林山水处处名胜都概括进去的几百字的长联，以木雕刻了悬挂在某一名胜之地，可惜手头一下子查不到。这是可以和昆明大观楼长联媲美，为桂林山水增辉的。

王力不以书法名，但书法颇为可观，不知道桂林山水的长联是不是他亲手所书。我只知北京出版社印行的《龙虫并雕斋诗集》是由他手写印出的，不是排印，这就大大增加了欣赏的趣味。

诗集中多的是七律，少的是绝句，而古风只得两首。这是《送吴德安赴美留学》的七绝：

吟诗要学李清照，叙事当师乔治桑。
待汝中西融会后，发挥灵感更芬芳。

两首古风，一是早年的《哭静安师》，一是晚年的《观舞剧〈丝路花雨〉》。在悼王国维的长句中，有着"黄尘扰扰羽书急，万里朱殷天地注。胜朝遗老久伤心，经此世变增于邑"的句子；还有"竟把昆明当汨罗，长辞亲友赴清波。取义舍生欣得所，不顾人间唤奈何"的句子。有关的注文说，"黄尘""朱殷""世变"都是指国民革命军北伐。尽管注文又说，作者只是在说明舍生取义的思想促使王国维自杀，并非对这样的自杀表示同情，但"黄尘""朱殷""世变""羽书急"，读来总不免使人觉得有些不是滋味。

诗集以外，有一首今年二月间《书赠中国逻辑与语言函授大学》的七律，可能是他最后一篇诗作，读来使人对他增加敬意：

> 高山岌岌水泱泱，大好河山是我乡。
> 禹迹茫茫多宝藏，原田每每足菰粱。
> 献身甘愿为梁柱，许国当能促富强。
> 永矢弗谖心似铁，匹夫有责系兴亡。

诗集以外，他有《王力文集》，还有《龙虫并雕斋琐语》。他认为，学术著作是雕龙，文艺作品如散文和诗，是余事雕虫。《琐语》是他早年的散文集，有些文章写得比诗篇富于情趣。而《文集》把他的学术著作都收进去了，原由中华书局出版，年前山东教育出版社又再出这书，他把所得的十多万元人民币稿费都拿了出来，设立了"北京大学王力语言学奖金"。

王力有子女多人，但只有大儿子秦似致力于文学和语言学。秦似长期在广西大学中文系任教，担任过系主任，早年以杂文、散文知名于文艺界，后来写了不少诗词，又从事语言学的研究，并不是一开始就拥抱"家学"的。他今年已是接近七十岁的人了。

一九八六年五月

"文章倾国"三家村

今年的春天,是"文化大革命"展开的二十周年;今年的秋天,是"文化大革命"结束的十周年。这中间,夹杂着一个"百花齐放,百家争鸣"方针提出的三十周年。

三十年前的"双百"方针提出之后,不久就出现了许许多多"言论狱"和"文字狱",总的大帽子是反右,压在几十万人头上的帽子却是"右"。明年就是反右的三十周年了。

以言获罪,古已有之,虽然没有人称之为"言论狱"。"文字狱"更是早就大名鼎鼎。但出人意料的,是史无前例的"文革狱",这就不是几十万,而是几千万人遭殃;不入狱而受罪的,更是数以亿计的举国之民。

"文革"是被打倒了,"双百"方针今年却被重新提了出来,而且被赋予新义。从春到夏,不断出现了新气象。

从中宣部到文化部,都换了新人。朱厚泽接任中宣部长的时间要早些,但他公开站出来讲话,显出开放型的新姿,却是这个时期的事。王蒙接任文化部长,更是一个富于探索性的新闻题材,新年过后不久就传开了这个消息,人们都知道文化部来了个年轻的新部长。说年轻,当然是比较而言,五十已过的他不再是青年人。他以部长的姿态展开了工作,在香港或海外的报刊上,也早已是"文化部长王蒙"了;但在北京的传播媒介中,从报纸到电视,文化部长却还是朱穆之,而王蒙依然是作协副主席或著名作家,直到不久前,他才名正言顺地在北京成为文化部长。是香港和海外的传播媒介太过性急,还是北京的报纸、广播、电视太性缓呢?这是一个谜。这几个月中,问了许多人,没有人能做出肯定的解答,说得出算是理由的,是有待人大的通过,但早在三月间人大会议之前,我们的王部长就在文化部的办公室里办公了,人大完全来得及在春天就通过这一新任命的,用不着拖到夏天才由人大常委去通过。这中间,是不是有一股什么力量把这一任命拖住了呢?不知道。但终于还是"青山遮不住,毕竟东流去",王蒙成了继茅盾之后的作家部长。

在王蒙之前,已经发表了高占祥出任常务副部长的消息,他是王蒙的同龄人,出版有文艺评论和杂文的集子。在王蒙之后,又发表了英若诚出任主管艺术的副部长,他是人民艺术剧院的著名演员,和王蒙有同样的艺术兴趣,王蒙当了官不放弃当家——作家,还要写作,还在写作;英若诚当了官也不放弃演戏,还有心抽时间在舞台上创造角色。两人的心是可以理解的,但能做到多少恐怕就难说了。

这些日子以来,王蒙说了不少话,也发表了他的"施政演说"。在代表文化部说话时,他表示文化部今后将不对文艺工作做具体干预，只是维护和发展融洽和谐的文化环境。这使人记起赵丹的临终遗言："管得太具体，文艺没希望。"当年这话曾颇受责难，而现在它却成了文化部的"新政"了。在代表他自己说话时，王蒙说他喜欢"双百"方针。

应该说，最可喜的是"双百"方针的真正落实。

> 前篇才放后篇收，毒草香花一例休。
> 若使文章能祸国，兴亡何必动吴钩！

这是廖沫沙咏"双百"方针的一首七绝，并没有收进他的旧体诗集《余烬集》中，承他写成条幅相赠的友人说，"此集未收，当已归烬"。不管是不是这样，它却是流传开来了。旋放旋收，放即是收，方针自方针，落实变落空，信以为真的人，当然不免"我命休矣"！

毛泽东当年提出"双百"方针，先是"百花齐放"，后是"百家争鸣"。但他的阐释却是：百花只能是香花，毒草是要锄的。百家其实是两家，无产阶级和资产阶级两家，资产阶级是要批的。什么是毒草？虽说提出了六条标准，但他今天说过的，明天可能又不声不响地变了。且听廖沫沙说的一例：听说《朱元璋传》是吴晗在《海瑞罢官》被批判时做第四次修改的。"修改本曾呈送毛泽东同志审阅，受到称许，但终未能免祸。"就在称许的同时，他又受到批驳斥责，以至于送命。廖沫沙因此有诗：

> 罢官容易折腰难，忆昔投枪梦一般。
> 灯下集中勤考据，三家村里错帮闲。
> 低头四改元璋传，举眼千回未过关。
> 夫妇双双飞去也，只留孤爪在人间！

《投枪集》《灯下集》和《海瑞罢官》《朱元璋传》都是吴晗的作品，而《三家村札记》是他和邓拓、廖沫沙三人合写的专栏。吴晗是和他夫人同时惨死在"文革"初期的。

这是廖沫沙作于"文革"期间的《悼吴晗同志》，"文革"过后，他又有《悼念邓拓吴晗同志》：

> 岂有文章倾社稷，从来佞幸覆乾坤。
> 巫咸遍地逢冤狱，上帝遥天不忍闻。
> 海瑞丢官成惨剧，燕山吐凤化悲音。
> 毛锥三管遭横祸，我欲招魂何处寻？

"燕山吐凤"是说邓拓除了《三家村札记》，更以《燕山夜话》惹祸上身。而"毛锥三管"就是他们"三家村"了。

"岂有文章"一联看来是廖沫沙的得意之作，这个意思他一而再地在自己的诗篇里发挥。在这以前的《答谢朱语今同志赠诗》二律中,就已经这样写过:"晴空一鹤绕天回,故旧相逢半劫灰。岂有文意倾社稷,从来佞幸必为灾……"还有《偶感》:"岂有文章惊海内,漫劳倾国动干戈。三家竖子成何物?高唱南无阿弥陀!"他的意思是说:"即使写出的真是'毒草',也未必便能招致亡国灭种之灾。"这和"若使文章能祸国,兴亡何必动吴钩"是一个意思,说这不过是借题发挥,借"毒草"整人而已。今天所谓"毒草",昨天却是被称许为创作香花的作者。覆雨翻云,昨是今非,颠三倒四,这就是当年"史无前例"的景象。吴晗的遭遇不过千百万中的一例而已。

至于百家,一下子就减掉了百分之九十八,只剩两家。而两家又只是一家说了算,另一家只有挨批的份儿,不许讲什么"真理面前人人平等"的。没有平等的地位,还谈得到什么"争"?没有什么可争的,也就势所必至地没有什么可鸣的了。此所以今年重新提出"双百"方针,强调"百家争鸣"时,不少人就强调"争鸣"的前提:必须有平等的地位,不能一方先就以审判者自居,而另一方却被置于被告席位上,而且又是被剥了辩护权利的被告。

不仅要平等,而且要自由。争鸣应该无禁区,不仅学术问题可以争鸣,政治问题也可以争鸣。而以往政治是不能碰的,学术和政治是要分开的。以往,马克思主义也是不能碰的,现在不仅许多人主张可以讨论,而且连中共的领导人物也号召要对它有所突破。

谈到经济改革时,也主张要同时进行政治改革了。

以往,只有在香港,在海外,才有人在"四个现代化"之外,提出要"五个现代化",要加上一个政治现代化。现在,北京不少人也公开要求政治现代化——法制和民主,官方更表示要高度民主。

当然,现实是离高度还远。但能坐而言,也就有了起而行的基础。这言,是不应忽视的。

这一切,比起文化部的新气象来,就更是使人要刮目相看。

回到文化领域,回到理论和文艺领域吧,人们又具体地看到:经济学方面的"马丁风波"已经过去,有人兴风作浪,但掀不起什么风波,终于以马丁无恙而平息下来。

文艺方面的"刘再复事件",《红旗》上陈涌的长文虽然言重了,但并没有重复"文革"期间"两报一刊"摆开阵势,大举围攻的局面,相反地却有了王春元反驳陈涌的文章在《红旗》刊出,而显出了一种争鸣的形势。不管这中间有没有什么微妙的变化,总之是今非昔比。环绕这一事件曾经有种种传言,其中之一说到刘再复有可能被提名为诺贝尔文学奖奖金的候选人,像前两年对巴金的传说那样。这一传言显得有些无知,诺贝尔奖奖金一直是只给文学创作而从来没有给文艺理论的,不大像是要在刘再复身上来一个突破。刘再复自有他杰出的成就,但他本人恐怕也未必乐于看到对他做不切实际的捧场。

在一个"奖"字上，电影方面出现了皆大欢喜的结局。早些时传说，有高层的领导人不满意金鸡奖的评选结果，以至于使它迟迟不能揭晓，最后终于揭晓了：在金鸡奖、百花奖之外，新增加了广播电视部奖，一个是专家的，一个是观众的，一个是官方的。三个得奖名单不尽相同。这间接证实了早先的传言，领导层有不同的意见。但这也反映了今年特有的民主气象，官方并没有去压服专家，使他们屈从，而是独树一帜，以示有所不同的提倡。没有压制，有的是宽松，这实在是一个可喜的现象。

得奖的影片中，也有依然存在争议的《黑炮事件》。这是根据张贤亮的小说《浪漫的黑炮》改编的。张贤亮的另一引起争议和批评、因而成为新闻的中篇《男人的一半是女人》，现在似乎不那么议论纷纷了。张贤亮本人更没有因此挨整，他那政协全国委员和宁夏文联主席的"官"职也没有受到什么撼动。要说还有什么的话，那就只是一点生活作风上的传言了。

和张贤亮并没有中箭落马同样使人高兴的，是刘宾雁并没有退出文坛。他的报告文学的新作还在发表，而最近又有了为"荒诞"川剧《潘金莲》叫好的文章。

像这样的戏——既是潘金莲，又是西方荒诞的手法，要是在一两年前"清除精神污染"的时候，还有命吗？现在不仅许多人捧场，不仅一向以敢言著称的吴祖光为之喝彩，连新官上任的王蒙也不顾有人向他"忠告"而去看了，还叫了好，虽然也指出了它的不足。

"清污"之前，对于人性论和人道主义其势汹汹的批评，更是早已成了虎头蛇尾。尽管胡绩伟和王若水因此丢了官，而不可能东山再起，但王若水的一本关于人道主义的论文集《为人道主义辩护》，已在北京三联书店出版了，其中包括他对当时泰山压顶式的批评的答辩。

一种宽松气氛在学术界、文艺界中是的确出现了。

王蒙寄语海外的人，不要用对待香港股票市场行情的眼光，来观察中国文艺界的情况。他说得风趣，但在风趣之余，人们也想说一声：先请中国文艺界不要像香港的股票市场，不要有突然的起落，更不要有一下子跌它几十点或涨它几十点的大起大落。请安定繁荣吧！

王蒙又提出了三个"正常"：文艺界要正常对待批评，港澳或外国记者要正常报道文艺界的批评，海外人士也要正常看待中国文艺界的批评和自我批评。这说得很好。但如果寻根的话，那根子就在大陆上多年来的批评和自我批评很不正常。正本清源，你先做到第一正常，人家就容易有第二正常和第三正常了。请坚定地正常前进吧！

人们愿意相信，而且早就期待：这是最好的时代！像王蒙和不少人说的。更愿意相信：明天会更好！不少人知道，《明天会更好》是台湾、香港的一支流行歌曲。现在不怕"清污"了，我愿再一次引用它：

希望明天会更好!

一九八六年七月

附记：

写完这些才发现：这回"话"太多了，而"诗"太少了。

话多，是因为静静观察了好几个月，终于认为：的确有了不同于以往的环境和气氛：宽松、和谐、信任、平等……因此忍不住多说了几句，其实也并未说透，大有可说的还有得是。信手拈来：吴祖强出任文艺家最高组织、全国文联党组负责人就是。他是吴祖光的兄弟，是中央音乐学院比较年轻的院长，是傅聪回国讲学、演奏的穿针引线人。

为了满足读诗的愿望，这里再抄廖沫沙两首有关林彪、江青的绝句：

> 昔人已跨三叉去，此地空余一座楼。
> 点滴不留池水竭，无为有处使人愁。

> 冷面阴森黑发松，六神无主强从容。
> 幽栖只叹佳人老，岂料妖娆坠险峰。

后一首是和毛泽东为江青题庐山仙人洞照片那首绝句的韵。还有一首《审瘟神》也是依韵之作，和的是毛泽东的"坐地日行八万里，巡天遥看一千河"的送瘟神诗：

> 虺蜴狐妖枉自多，豺狼无奈网罗何。
> 工谗善蛊成虚话，覆雨翻云唱鬼歌。
> 害尽忠良天地怒，赢来唾骂遍山河。
> 公堂会审难消恨，孽海悲欢叹逝波。

廖沫沙还有讽刺"四人帮"的"某顾问"两首五绝：

> 化雨归何处？春风难再温。
> 幽兰无所托，未免失其魂。

> 摆尾承恩泽，摇头唱诵歌。
> 谁知女皇帝，一倒快如梭。

"化雨""春风"，恩承是因为"某顾问"的毛泽东挽诗有"不忘春风教，常怀化雨恩"之句，对于"女皇帝"，他却是没有"承恩泽"的诗句的，摆尾摇头，当然更是沫沙诗人的想象。两首诗后一首有关江青，前一首却是牵涉毛泽东的，诗人放笔如此，倒也少见，正像用毛泽东的原韵来贬江青是十分少见的一样。"某顾问"是某著名哲学家，廖沫沙既隐其名，这里也就不揭其底了。

冯友兰诗论毛泽东

我们的哲学大师多年来是抚三松而盘桓的。这多年，是三十年、三十五年，以及更多的年。

冯友兰先生一九八一年说，他在北京大学燕南园的寓所庭中有三棵松树，因此取名三松堂，他在那里住了三十年了。那么，今年就是三十五年，未来的日子就会使年数更多。他今年九十一岁，当他百龄大寿时，就是抚三松四十五年。

也许可以称那里为四松堂吧，由于主人高寿。高寿的人也是松。

"大雪压青松，青松挺且直；要知松高洁，待到雪化时。"陈毅元帅不仅为人间留下了英雄事迹，也留下了一些有名的诗篇，这就是常常被人传诵的诗篇之一。

十年"文革"的大雪压了许多青松，诗人元帅就是这些青松中挺拔的一棵，挺拔而参天。

我们的哲学大师冯友兰也是被"文革"之雪压过的，但他比较不幸，被江青看中了，选拔为她的"四皓"之一，要他做她的哲学侍从之臣，跟去天津"批孔"，终于写下了二十五首"评法批儒"的《咏史》诗。

说江青看中他，其实更是毛泽东看中他。毛泽东有言在先，说他有用。据他自己说，"文革"中有人告诉他："毛主席在一次中央的会上提到你和翦伯赞。毛主席说，北京大学有一个冯友兰，是讲唯心主义哲学的，我们只懂得唯物主义，不懂得唯心主义，如果要想知道一点唯心主义，还得去找他。翦伯赞是讲帝王将相的，我们要想知道一点帝王将相的事，也得去找他。这些人都是有用的。对于知识分子，要尊重他们的人格。"

就凭这些话，他一九六八年秋天就被从"牛棚"中解放了出来。工宣队要他写信向毛泽东谢恩，还说翦伯赞已经写了，但翦伯赞后来还是不免于自杀身死。这自然是因为虽出"牛棚"，却依然没有受到什么尊重，受到的仍旧是迫害和折磨。

冯友兰的待遇就不同一些，比较起来，或者可以说是受到"尊重"了，虽然令其谢恩，也算不得什么尊重。

他不仅写了谢恩信，还写过感谢诗："善救物者无弃物，善救人者无弃人。赖有东风勤着力，朽株也要绿成荫。"

这是一九七一年的事。到了一九七三年，忽然要"批林批孔"了，批孔还要批尊孔，冯友兰不免心里紧张。他过去的著作证明他是个尊孔派，毛泽东也当面说他和郭沫若同是尊孔人物。为了争取"没有问题"，他一连写了两篇批孔的文章，在《北京大学学报》登了出来，后来谢静宜拿去给毛泽东看，毛泽东改了几个字和标点，就又在《光明日报》登出来了，于是风行全国。

江青是因此才看中他的。

冯友兰就是这样走上批孔批尊孔的道路。他说："我不知道这是走群众路线，还是哗众取宠。这中间必定有个界限，但当时我分不清楚。"后来他是明白过来了，承认这是作伪，是哗众取宠。这是"文革"结束以后的事。

他是这样说的："这个界限就是诚伪之分。《周易·乾卦》的《文言》说：修辞立其诚。……自己的见解可能不正确，不全面，但只要确实是自己的见解。说出来写出来，就是立其诚了。自己有了确实的见解，又能虚心听别人的意见，以改其错误、补其不足，有则改之，无则加勉，这就叫走群众路线。如果自己没有真实的见解或有而把它隐蔽起来，只是附和暂时流行的意见，以求得某一方面的吹捧，这就是伪。这就叫哗众取宠，照上面所说，我在当时的思想，真是毫无实事求是之意，而有哗众取宠之心，不是立其诚而是立其伪。"

这个自我批评倒是够坦白的。不过，所谓哗众取宠，也不是取群众之宠，只不过想得上边——从谢静宜之流直到毛泽东、江青之宠而已。

残酷的历史已经过去，也就不必深责，相反地，如果还不免有些同情他何不幸而得宠，这也是可以理解的吧。

但在"四人帮"垮台之初，却流传过这么一首七绝："贞元三策献当年，又见西宫侍讲筵；雌雄山梁尊彩凤，栖栖南子是心传。"这是舒芜的《四皓新咏》的第一首，咏的就是冯友兰。

四皓是北大四皓，冯友兰以后是魏建功、周一良和林庚。当时人们还在气头上，现在事隔十年，对诸如此类的人，恐怕是没有什么气而有的是惜的。他们都是各有才学出类拔萃的人物。

"贞元三策献当年"，那是指四十年代，冯友兰把他所著的《新理学》《新世论》和《新世训》称为"贞元三书"，是"为天地立心，为生民请命，为往圣继绝学，为万世开太平"的著作。当时有传说，说这"贞元三书"是要献给蒋介石的。加上后来的《新原人》《新原道》和《新知言》，又称为"贞元六书"。"西宫侍讲筵"是指江青；栖栖惶惶的孔子见了南子，批孔批尊孔的冯友兰见了江青。现在冯友兰自我批评作伪取宠，提到江青时并没有加以什么骂词，不出恶声，也算是自有他的学者风度。

他当年的批孔批尊孔，倒使人想起梁漱溟来。梁漱溟是一贯的尊孔派，"文革"期间也有人要他批孔，他却拒不受命，说是孔不可批，也批不倒。你不一定都能同意他那些尊孔的具体意见，却不能不佩服他在这个问题上有所不为的"立其诚"。

冯友兰在谈到他的三松堂时，说是他的女儿宗璞（作家）早已为那居处取了一个名字：风庐。当做父亲的把他自传体的文章取名为《三松堂自序》时，做女儿的问他何不叫《风庐自序》，做父亲的说，风也好，松也好，都是寄意，各有各的寄意，不必求同。但如果他接受了"风庐"这个名字时，就容易使人想到风派上面去了。对他来说，还是三松堂较好。对于宗璞，风庐倒是无妨的，没有人会因此而联想到什么风派。

要说派，有诗为证，大可以说冯友兰是"歌德派"。"朽株也要绿成阴"固然是歌德，朽株之后，一九七六年在唐山大地震之后，北京的人都住进了地震棚，冯友兰也不例外。一天晚上他被叫醒，原来是江青到来探望，表示关怀，她进了地震棚，坐了几分钟就走了，外边围观的人叫起"毛主席万岁"来，上边的人于是又叫他写感想，他以为江青是代表毛泽东来的，第二天就交了两首诗，其中一首是："无数英雄战地天，红旗高举到前沿；主席关怀如旭日，万众欢呼胜夜寒。"他表错了情，要他写感想的人，其实是要他感谢江青。

毛泽东去世，他有挽诗："神州悲痛极，亿兆失尊亲。一手振华夏，百年扶昆仑。不忘春风教，长怀化雨恩。犹有鸿文在，灿烂照征尘。"天安门开追悼大会时，他又有诗："纪念碑前众如林，无声哀于动地音。城楼华表依然在，不见当年带路人。"和那首"主席关怀如旭日"一样，都不大高明。挽诗和追悼会诗平仄失调之处不少。这在他别的诗篇里也常见。

对于毛泽东，他感恩而歌德，自不足为奇，在毛泽东生前，他只能说是，不能说非，也不足为奇。但在不久前，终于听到了他指摘毛泽东之非的议论。

他是这样说的："毛泽东同志曾说中国'一穷二白''家底子薄'，好像什么都没有。这一说法若仅限于物质文明而言还可以，若说精神文明，完全不对。中国文化有几千年的积累，不是薄，而是很厚。这厚的家底，可能成为现代中国人的遗产，也可能成为包袱。哪些是遗产,哪些是包袱,这就需要判断、批判。毛泽东同志提出批判地继承,这是对的。但是我们过去将批判曲解为完全否定,一切都批掉,没有了继承,于是发展成'文化大革命'……"

毛泽东的"一穷二白"之论,主要是讲物质文明的,属于冯友兰认为"还可以"之类,他虽然没有说中国的精神文明也穷也白,但从发展到"文化大革命"而大革文化之命,也就以具体的行动证明是属于冯友兰所说的"完全不对"之类。不过,虽然是指摘毛泽东之非,却还不是直指其非,而是用婉转一些的曲笔。但在冯友兰来说,这也是少见的了。

他更在近年的著作中,为陈伯达当年对他不讲道理的批判,有了辩护。一个是"抽象继承法"的问题;一个是说他提倡"理论—实际—理论"的公式,来代替毛泽东的"实际—理论—实际"的公式的问题。他说,当年他的文章一发表,陈伯达很快就追击,申辩是不可能的,你申辩,就会给你加上一顶新的帽子。提到陈伯达时,也没有骂词,只是说"那个陈伯达",说那些批他的文章显得思想混乱。这些问题说来话长,也就到此为止。

对江青和陈伯达都不加骂词,当然不表示冯友兰对他们还有什么好感,只是表示他的学者风度吧。

早就蓄有美髯的他,使人望之有一种气象森然之感,但他有时显得也很风趣的。他最近谈到马克思主义要中国化时说:"记不记得《西厢记》里红娘有一句唱词:'是几时孟光接了梁鸿案?'

红娘本来要给张生和莺莺撮合，殊不知孟光已经接了梁鸿案。毛泽东思想就是将西方的马克思主义与中国的古典哲学接起来了。"他说他要把这个看法写在他的《中国哲学史新编》的第七册中。这《新编》正在陆续写作，陆续出版，九十高龄还如此不倦地努力写大书巨著，总是使人敬佩的。在这条学术的道路上，他身后留下的一些曲折的履痕，也就不必去深加究诘了。

这位《新理学》的作者，治学之余，偶有诗篇发表，往往使人感到有些理学家之诗的味道。如他一九八二年夏天到美国，去接受母校哥伦比亚大学赠送给他的名誉文学博士学位时，他的一首七绝就是这样：

一别贞江六十春，问江可认再来人？
智山慧海传真火，愿随前薪作后薪。

抗日战争期间他的一首《满江红》却是悲歌慷慨、壮怀激烈的：

万里长征，辞却了、五朝宫阙。暂驻足衡山湘水，又成离别。绝徼移栽桢干质，九州遍洒黎元血。尽笳吹、弦诵在山城，情弥切。　　千秋耻，终当雪。中兴业，须人杰。便一成三户，壮怀难折。多难殷忧新国运，动心忍性希前哲。待驱除寇仇、复神京，还燕碣。

这首词是西南联大的校歌。可能后来有人怀疑是不是出于他的手笔,他曾引述了朱自清日记的三条记载,证明是他无误。看来他是很重视这个"版权"问题的,一九八〇年他游杭州,还借题发挥写了一首过岳坟的七绝:

> 荷去犹闻荷叶香,湖山终古获鄂王。
> 冲冠怒发传歌久,何事闲人说短长。

这是因为有人发表文章,考证"怒发冲冠"那首《满江红》不是岳飞的作品,他就借此寄意。发表文章的人其实是词学家,立论并非是缺少根据的,不过,这似乎有如太空人登月证明了月球的荒寒无物,却成了大煞风景的事。

冯友兰对他的这首《满江红》显然是很自喜,不仅力证是他的作品,而且早就又把词意和一些词句写进了他所作的西南联大纪念碑碑文的铭词中。

这篇一千四百字的碑文,是情文并茂之作。文章开篇就很有气势:"中华民国三十四年九月九日,我国家受日本之降于南京。上距二十六年七月七日卢沟桥之变为时八年,再上距二十年九月十八日沈阳之变为时十四年,再上距清甲午之役为时五十一年。举凡五十年间,日本所鲸吞蚕食于我国家者,至是悉备图籍献还。全胜之局,秦汉以来所未有也。"然后叙述联大的历史，举出可纪念者有四：一是联大和抗战相终始；二是北大、清华、南开的联合合作无间；三是联大树立了学术自由、民主堡垒的楷模；四是喜南渡而能北返各自复校。文章说："稽之往史，我民族若不能立足于中原，偏安江表，称曰南渡。南渡之人，未有能北返者。晋人南渡，其例一也；宋人南渡，其例二也；明人南渡，其例三也。风景不殊，晋人之深悲；还我河山，宋人之虚愿。吾人为第四次之南渡，乃能于不十年间，收恢复之全功。庾信不哀江南，杜甫喜收蓟北，此其可纪念者四也。"此其可击节称赏、掷地作金石声之好文章也！和他那些有理学气味的诗篇就仿佛出自不同两人之手了。

我们的哲学家当年在联大是文学院长。他们河南唐河冯氏出了两代的女性文学家：冯友兰的妹妹冯沅君，冯友兰的女儿冯钟璞（宗璞）。

一九八六年七月

周作人已经平反了?

一九八七年过去一百五十多天后,就是周作人成为过去的二十周年了。他是六七年五月六日在北京去世的,那时候,正是"文化大革命"热火朝天的日子。

　　春风狂似虎,似虎不吃人。吃人亦无法,无法管风神。

这可能是他八十五年的生命中最后的一首诗。请勿误会,这"吃人亦无法,无法管风神"并不是为这些"史无前例"的岁月而写的。这首辘轳体的谐诗作于"文革"开始之年的三月里,比"文革"的诞生要早一些。

不过,他总算看到了"文革",而"文革"也看到了他的死去。

二十年快过去了,只是在最近的六七年中,才逐渐打开了文学研究中周作人这个禁区;而这一禁区的存在,却要还溯到一九四六年或更早。一九四五年他以汉奸罪名被捕以后,对他的文学工作的谈论和研究就自然而然成为一种禁忌了。直到八十年代开始,人们才重新看到研究他的文章。这一断裂的跨度大约有三十五年。虽然在他晚年的二十载,他还是不断地写和译,不断有作品发表，也出了好些本书，尽管用的多是人们不大熟知的笔名，却也有人们熟知的名字，如知堂，如《知堂回想录》。

前一阵，香港有人说，内地近来掀起了一股"周作人热"，其实并不准确。一是并非最近，二是也不能算太热，有点热就是了。以一九八六年来说，有钟叔河主编的《知堂书话》出版，有舒芜的《周作人概观》出版，十一月底，北京鲁迅博物馆的鲁迅研究所还举行过有中外学者参加的关于周作人在敌伪时期思想的研讨会。八五年出版张菊香主编的《周作人年谱》更是厚厚的一册，七百页；而另外，李景彬的《周作人评析》也已经出版了。《知堂杂诗抄》据说也在编印中。比起前些年的冷寂来，也确是热了一点。

在文学的领域来说，这当然是值得欢迎的事，尽管他戴着汉奸的帽子坐过牢，也戴着汉奸的帽子死去，不以人废言的原则在他来说是尤其不应废的。

舒芜在《周作人概观》中说，周作人最早是作为翻译家出现的，钱玄同认为他是中国翻译界中新纪元的说法并不过分；他不久又以文艺理论家、批评家的姿态出现，提倡"人的文学""平民的文学"，更进一步提出了"思想革命"的主张；强调妇女解放，注意儿童问题，坚持宽容，反对复古；他的长诗《小河》成了新诗史上的里程碑，使他成为大诗人；他的小品文更以后来居上的盛名，掩盖了他"前期的诸姿态"——这一点却是阿英的论断而舒芜点头赞同的。

舒芜因此更说:"现在需要的是,对周作人先前的历史功绩,实事求是地给以肯定,要肯定个够,不怕承认他在'五四'新文学新文化运动中做出了多方面的贡献,都是当时最高的水平,没有人超过他,没有人能代替他。"

类似"没有人能代替他"的话,郭沫若早就说过了。抗战一开始,他从日本冒险潜回祖国参加抗敌大业,在上海就发表过怀念周作人的文章,引用了古诗"如可赎兮,人百其身",希望周作人也能从日军占领的北平南下,说"比如就像我这样的人,为了掉换他,就死上几千百个是不算一回事的"。尽管周作人在抗战以前已经逐渐成了右翼文学家阵营的精神领袖(舒芜的见解),郭沫若还是对他做了这样高的评价,做了这样大的期待。

但周作人却辜负了左左右右对他的企盼,而堕入了敌伪的阵营。

回忆一下他那两首"牛山体"的《五十自寿诗》和所引起的议论吧,也可以看到鲁迅对自己兄弟的仍存宽厚、不是苛责。

> 前世出家今在家,不将袍子换袈裟。
> 街头终日听谈鬼,窗下通年学画蛇。
> 老去无端玩骨董,闲来随分种胡麻。
> 旁人若问其中意,且到寒斋吃苦茶。

半是儒家半释家,光头更不着袈裟。
中年意趣窗前草,外道生涯洞里蛇。
徒羡低头咬大蒜,未妨拍桌拾芝麻。
谈狐说鬼寻常事,只欠工夫吃讲茶。

这两首诗一九三四年先在《现代》,后在《人间世》发表,引来许多和诗,也引起左翼的许多批评。鲁迅没有公开指责,只是在私下里表示原诗并不是一无可取的。他在给曹聚仁的信中说:"周作人自寿诗,诚有讽世之意,然此种微词,已为今之青年所不惯,群公相和,则多近于肉麻,于是火上添油,遽成众矢之的,而不作此等攻击文字,此外近日亦无可言。此亦古已有之,文人美女必负亡国之责,近似亦有人觉国之将亡,已在卸责于清流或舆论矣。"他又在给杨霁云的信中说:"周作人之诗,其实是还藏些对现状的不平的,但太隐晦,已为一般读者所不惯,可以吹擂太过,附和不完。致使大家觉得讨厌了。"从这里可以看到鲁迅的实事求是。

前不久香港有人写怪论,嘲讽为周作人的汉奸案翻案,说是"审阅过九千多种文件,包括周作人的哥哥周树人(鲁迅)的日记,一致认为他卖国求荣是'事实清楚,证据确凿'的"。鲁迅去世在一九三六年,那时候抗日战争还没有正式开始,"七七卢沟桥事件"也是第二年才发生的事,说鲁迅日记上记了周作人做汉奸,这就的确是怪论了。文章还说,现在要谈中日友好,"历史应该为党的政策服务"，因而不能不为周作人平反，这也是毫不实事求是的议论。

事实是现在并没有为周作人的沦为汉奸做政治上的平反。

香港这些日子来有些报道是和事实有距离的。

引起人们的平反错觉的，很可能是中国新闻社的一则电讯。当新的《毛泽东著作选读》出版时（一九八六年八月），这一通讯社把注释中有关几位人物的评价和《毛泽东选集》有了明显不同的文字，在陈独秀、胡适、胡风……之外，还加上了一个周作人。

报道说这一节注释是这样写的："周作人（一八八五至一九六七），浙江绍兴人。曾在北京大学、燕京大学等校任教。五四运动时从事新文学写作。他的著述很多，有大量的散文集、文学专著和翻译作品。"到此为止。这就引起议论："出任伪职当汉奸便不再提及。"

其实，这一注文并没有完。它是一注写二人的，紧接下去还有："张资平（一八九三至一九五九），广东梅县人。他写过很多小说，曾在暨南大学、大夏大学兼任教职。"

不仅仅这些，紧接下去还有："周作人、张资平于一九三八年和一九三九年先后在北平、上海依附侵略中国的日本占领者。"具体的依附虽然没有写，汉奸之名虽然没有加，但没有平反却是明显的。

不能不说，中国新闻社在这上面有了断章取义的误导，尽管它在做这一报道时,只是述而不作,仅仅引述,未加评语。误导也是明显的。

这以外,不少人感兴趣的还有内部发行的《文教资料》双月刊(一九八六年第四期)上《关于周作人的一些史料》,其中包括周建人、贾芝、高炎、罗铮、王定南、许宝骙、袁殊、范纪曼、梁容若、张莪芳等人写或讲的材料。

周建人是周作人的弟弟。他的离了婚的日籍妻子和所生儿子丰二、丰三都曾长期依靠周作人生活。

贾芝是诗人、民间文学研究者、李大钊的女婿。

高炎是中共党员。日军占领时期他在北京,在中共的"华北上层联络部"工作。在周作人身边担任了近两年的伪华北教育总署的秘书,也就是周作人的秘书。他还是日军报道部控制下的北平《庸报》的记者。被捕坐牢近三年。是周作人使他提前假释出狱的。

罗铮是高炎的妻子,北大名教授罗庸的侄女。

王定南抗战期间在北平担任过中共特委书记,现任山西省文史馆馆长、省政协副主席,全国政协委员。

许宝骙是民革中央常委,《团结报》社长,全国政协委员。俞平伯是他姐夫。

袁殊是有特殊身份的人。抗战期间在潘汉年领导下,办报办杂志,还打入伪江苏省政府担任过教育厅长。他在谈到中共时是说"我们党"的。

范纪曼也是中共党员。抗战前夕干过北平学生运动的领导工作。抗战期间打入过伪南京中央大学担任训育主任，组织了许多大中学生参加新四军。

梁容若是鲁迅、周作人的学生。留学日本，抗战期间在北平等地教过书。后来到了台湾、美国，一九八一年回国，任全国政协委员，八四年去世。

张菼芳是周作人的儿媳，周丰一的妻子。

这许多人提供的材料，从不同的侧面、不同的事件说明周作人不是那么坏的人，甚至可以说在一些行为上是好人。

他多次帮助李大钊的儿女，不仅帮助其解决生活上的困难，还掩护他们从沦陷区到中共解放区。

他明知高炎是"进步人士"、中共党员，还是用他，还是掩护他、营救他；还介绍所推荐的人到保定去教书，那人是去建立中共的地下联络点。

他在高炎面前表示过钦佩八路军英勇抗敌，表示过对日军占领的不满。

他的秘书李夏云对罗铮说，周作人虽然当了大官，却是两袖清风，卖了地毯，贴补生活。

那么，他为什么要做伪华北教育总署督办这样的大官？他为什么要落水？

日军占领北平后，他无意南下，说是家累太重，行不得也。要留在那里，做个苏武。不久就接受北大校长蒋梦麟从昆明传来的委托，保护北大校产，后来更出任伪北大图书馆长、文学院长。

在他的保护下，北大图书馆是完整无恙的，北大也比其他几个大学受到较少的破坏，校产还有了增加。

当伪华北教育总署督办汤尔和病死，顽固而阴险的缪斌有意取得这个职位时，伪政权另一些人却看中了周作人。以王定南为首的中共地下党人希望利用周作人挫败缪斌，就要当时在伪上层活动的首脑王克敏用周而弃缪。周作人初时有难色，说书生做官，恐怕不宜，终于还是同意了。许宝骙在劝说中说，能抵制缪斌，使他不能推行奴化教育，就是功德；在职责上不免有些要积极去做的事，但可以尽量保持消极——这是积极中的消极，而这种消极又可以起抵制奴化教育的作用——这是消极中的积极。据许宝骙说，周作人是照办了的。

不过，周作人当时并不一定知道许宝骙是替中共做说客。

一次，周作人对他说："我现在好比是站在戏台上场门边看戏的看客。"许宝骙今天还认为，这句话深刻而形象化，说出了周作人当时的处境、心情、态度和作用。这是好评。

关于劝驾这一幕，《文教资料》有沈鹏年、杨克林的《访许宝骙同志纪要》。许宝骙后来亲自在《团结报》（一九八六年十一月二十九日）写的《周作人出任华北教育督办伪职的经过》却说，《纪要》有失实的地方。两相比较，《纪要》有一句也很形象化的话在《经过》中却不见了。据说，许宝骙劝周作人时说过:"目前已经下了地狱,何吝再进一步?"不知道这是不是也属于失实之笔?看来倒也不像。

周作人前后只做了两年的伪督办。

有一次他到南京,伪中央大学有反对校长樊仲云的学潮,樊仲云请他去演讲,平息学生的情绪,他去了,却是间接支持了学生,使樊仲云十分狼狈。

当日本的片冈铁兵提出"扫荡反动老作家""打倒周作人"时,恽逸群、袁殊他们在潘汉年的支持下,在报刊上声援了周作人。袁殊指出,这一斗争"实际上是我们党领导的"。袁殊自己说,"周作人不是汉奸";又转引恽逸群的话说,"我原说周作人不是汉奸,现在日本人自己出来证明了这一点"。这些也是沈鹏年、杨克林的记录,不知道有没有失实?

此外,高炎和张荄芳都写过同一回事:周作人被问过,愿不愿去中共解放区。高炎说是组织上要他向周作人征求意见,周作人表示愿意去,但后来又以家累太重,又怕保存的许多书信、文物散佚,很遗憾,无法行动。张荄芳却是听周作人说的,时间是在抗战胜利的前夕,具体提到通过张家口进入解放区。

而梁容若也说,日本投降后李运昌还派人向周作人表示他可以到冀东的解放区去。他终于还是坐以待捕。

一九四五年十二月初他在北平入狱后,直到四六年五月底才被解去南京。他从浦口渡江到下关时,成诗两首:

羼提未足檀施薄，日暮途穷剧可哀。
誓愿不随形寿尽，但凭一苇渡江来。

东望浙江白日斜，故园虽好已无家。
贪痴灭尽余嗔在，卖却黄牛入若耶。

一九四九年一月底，他被保释出老虎桥监狱，口占一诗：

一千一百五十日，且作浮屠学闭关。
今日出门桥上望，菰蒲零落满溪间。

他有自注："桥者老虎桥，溪者溪口，菰者蒋也，今日国民党与蒋已一败涂地，此总是可喜事也。"

从一九四五年十二月六日到四九年一月二十六日，闭关一千一百五十日。出关后，他先去上海小住，这年八月中就又回到了他自称第二故乡的北平。

一九六四年他八十岁，又作了《八十自寿诗》：

可笑老翁垂八十，行为端的似童痴。
剧怜独脚思山父，幻作青毡羡野狸。
对话有时装鬼脸，谐谈犹喜撒胡荽。
低头只顾贪游戏，忘却斜阳上土堆。

他还为这首诗写了一个说明,说的那些典故十分有趣。

　　此诗系仿陆放翁迮诗而作,首二句即袭用其语。山父与狸均为日本民俗学中事物。山父乃山魈之属,一目独足,能知人意。有箍桶匠冬日在屋外工作,忽见山父站在面前,大惊,心想这得非山父耶,山父即知之,曰你想这莫非山父吗? 又想能知心中事这就糟了,山父亦即知道了,照样说了出来。其人窘甚不知所措,此时手中所持箍桶的竹片因手滑脱,正打在山父的脸上,山父乃大骇曰,心里没有想却会干出来,人这东西真是危险。如在此地说不定要吃怎样的亏,赶快的逃回山中去了。老狸能幻化屋宇、广容八席,色甚清新,或有贪淡巴菰者遗烟蒂其上,乃忽噗嗤作声遽尔消灭,云此乃其肾囊伸张所幻化也。近译希腊路喀阿诺斯对话,中多讽刺诙谐之作,甚有趣味。出语不端谨,古时称撒荽,因俗信播芜荽时须口作猥亵话,种始繁衍云。

　　前作所谓自寿诗,甚招来各方抨击,自讨苦吃,今已多吃了一万天的茶饭,经验较多,岂敢再逾覆辙乎? 偶因酒醉,胆大气粗,胡诌一首,但不发表好了,录示二三友人,聊作纪念。末联亦是实话,玩耍过日,不知老之已至,无暇汲汲顾影也。

这一说明很能显出他的小品文的特色,比他晚年许多文章来得有味。

周作人的小品之美,其中之一是清苦而又丰腴。而他的诗篇,却似乎丰腴较缺而清苦为甚。从这自寿诗和说明也可以看得出来。"半是儒家半释家",他的诗就兼有这两家的清苦。

香港有人说,为汉奸辩护是危险的,所以有关周作人的书,不附印相片。此论甚奇,其实《周作人年谱》的扉页就印了占整页的他中年的照片,又印了占整页的《五十自寿诗》的手迹,不过只是"前世出家今在家"那一首,"半是儒家半释家"的一首却付阙如了。

平心而论,周作人在文学上的造诣是高的,早年的功绩也是大的。在文学上为他平反——给他在中国文学史上以应有的地位,是完全应该的事,这其实也是抹杀不了的,你可以冷它于一时,却不可能弃之于永远。

目前一些人所做的,主要也是文学上的平反工作。这是实事求是。

至于政治上,他的汉奸案应不应该平反,那却是另一回事。在没有充分的、令人信服的证据以前,是还谈不到的。个别人说他不是汉奸,不能算作定论,那是无须多说的了。《毛泽东著作选读》的注文,不再提任伪职,只说"依附"日寇,浓度虽然看似减少,却也不能看作翻案。

但从已有的一些证据看来,至少可以看到:他不是心甘情愿的,就在他落水以后,也还是有意识地做了诸如此类的好事,他不是那种十恶不赦的人。把他和大奸大恶区别开来，这才是实事求是。

"盖棺论定终难事，总为苍生惜此才。"不禁又想起黄苗子怀念乔冠华的诗句，虽然两人不宜相比。

一九八七年一月

"饱吃苦茶辨余味"
——关于《知堂杂诗抄》

周作人是一九六七年五月六日去世的,今年是他逝世二十周年。他死时八十三岁,生于一八八五年一月十六日,如果不死的话,今天就有一百零三岁了。

他生前立过几次遗嘱,最后的定本是死前两年写下来的。遗嘱有前言:"以前曾作遗嘱数次,今日重作一通,殆是定本矣。"正文是:"余今年已整八十岁,死无遗恨,姑留一言,以为身后治事之指针。死后即付火葬或循例留骨灰,亦随便埋却。人死声消迹灭最是理想。余一生文字无足称道,唯暮年所译希腊对话是五十年来的心愿,识者当自知之。"

这遗嘱记在一九六五年四月二十六日的日记中,这时他实际已满八十,进入八十一岁了。

在这以前的四月八日,他在日记中又写下了这些文字:"余今年一月已整八十,若以旧式计算,则八十有三矣。自己也不知怎么活得这样长久。过去因翻译路喀阿诺斯《对话集》,为此五十年来的心愿,常恐身先朝露,有不及完成之惧,今幸已竣工,无复忧虑,既已放心,便亦怠惰,对于世味渐有厌倦之意,殆即所谓倦勤欤?狗肉虽然好吃,久食亦无滋味。陶公有言,'聊乘化以归尽',此其时矣!余写遗嘱已有数次,大要只是意在速朽,所谓人死,消声灭迹,最是理想也。四月八日,知堂。"

人之将死,其言也不一定都真。如说"余一生文字无足称道"的几天之前,他在给香港鲍耀明的信中就又说:"我想把中国的散文走上两条路,一条是匕首似的杂文(我自己却不会做),又一条是英法两国似的随笔,性质较为多样,我看旧的文集,见有些如《赋得猫》《关于活埋》《无生老母的消息》等至今还是喜爱,此虽是敝帚自珍的习气,但的确是实情。古人晚年常要悔其少作,我现在看见旧作还要满意,可见其了无长进了。"

至于所谓"意在速朽","人死声消迹灭最是理想",恐怕也不是实情,至少并不是本心。晚年的那许多译著,除了为换来稿费,维持生活,也总还有雁过留声之意吧,特别是那一部《知堂回想录》。

《知堂回想录》是他死后七年才在香港出版的。而《知堂杂诗抄》更是在他死后二十年的今年才出版。《杂诗抄》是从来没有出过的他的旧体诗集,是长沙岳麓书社出版的。同一书社去年还出了他的《知堂书话》和《知堂序跋》,那都是他人把他的旧作重新编辑出版,和《回想录》《杂诗抄》之为原著有些不同。

岳麓书社曾经在《光明日报》上大登广告,预告要把周作人所有著译几十本之多——重版,从一大片广告看来,颇为洋洋大观。正是为了这个缘故,刺激了某一些"红眼",还有人一再写文章反对。当"反对资产阶级自由化"的锣鼓喧天以后,出版社受到警告:书还是可出,不过不宜大张旗鼓地出。要不然,这一本难得的《知堂杂诗抄》也就很可能"行不得也(发行也)"。说不定又会像《知堂回想录》那样,道不行则乘桴浮于海,要在海外才能出版了。

事实上,《知堂杂诗抄》首先是经历过浮于海的命运的。周作人晚年亲自编定了它,在一九五八年到一九六一年之间,分批寄给新加坡的郑子瑜,在郑子瑜手里"雪藏"了二十七年之久,才又通过上海陈子善之手,转到了长沙岳麓书社。附上了自寿诗、郑子瑜的跋、陈子善收集的《外编》(早年所作和联语)和所写的后记。是这样的一种出口转内销。

《杂诗抄》和《回想录》有些不同:先完成,然后出口,又内运出书。《回想录》完成在后,虽然几经波折,也到过新加坡,终于又回到香港出书。曹聚仁为这书花了七八年的气力,比起郑子瑜的"雪藏"二十七年,他是更可"慰故人于地下"了。

这些杂诗,周作人原来是称之为打油诗的,后来才改称杂诗。

对于打油诗,他的说法是:"我自称打油诗,表示不敢以旧诗自居,自然更不敢称是诗人,同样地,我看自己的白话诗也不算是新诗,只是别一种形式的文章,表现当时的情意,与普通散文没有什么不同。因此名称虽是打油诗,内容却并不是游戏，文字似乎诙谐，意思原甚正经，这正如寒山子诗，它是一种通俗的偈……"

对于改称杂诗，他的说法是："这种诗的特色是杂，文字杂，思想杂。第一，它不是旧诗，而略有字数韵脚的拘束。第二，也并非白话诗，而仍有随意说话的自由，实在似乎是所谓的三脚猫……正如杂文比较容易写一样，我觉得这种杂诗比旧诗固然不必说，就是比白话诗也更为好写……"他用杂诗之名，看来也是因为有杂文之名在先而想起的。

周作人早年虽然也写过一些旧体和新体的诗，据他说，真正写打油诗是开始在一九三一年。那一年，他在无花果的枯叶上写了二十个字，寄给在巴黎的友人，表明自己的心迹，告诉那人，"他的恋爱的变动，和我本是无关也"。事属春情，写成一首五言绝句却颇有秋意：

寄君一片叶，认取深秋色。
留得到明年，唯恐不相识。

同一年,写得更早些的一首《书赠杜逢辰君》,就更有禅意了：

偃息禅堂中，沐浴禅堂外。
动止虽有殊，心闲故无碍。

但周作人说，真正的打油恐怕还是从一九三四年那两首《请到寒斋吃苦茶》开始，就是一般所说的他的五十自寿诗。他说，诗的原题本来是《二十三年一月十三日偶作牛山体》，不过后来林语堂把它在《人间世》上面登出来时，却给他加上《知堂五十自寿诗》的题目。两首诗，第一首"前世出家今在家"是十三日作的，第二首"半是儒家半释家"是两天后作的。周作人后来也就题为《所谓五十自寿打油诗》。

为什么叫"牛山体"呢？他说："我说牛山体乃是指志明和尚的《牛山四十屁》，因为他做的是七言绝句，与寒山的五古不同，所以这样说了。"志明是明末的和尚，住在南京牛首山，所以外号牛山。他把自己的诗刻印成集，集名就叫《牛山四十屁》。估计是四十首，但也有人怀疑不止这些，不过，许多人都没见过，只是从蒲松龄的《聊斋志异》中知道有这个集子。据启功说，他知道缪荃孙的藏书中曾有这么一册。为什么叫"屁"这样不雅呢？因为是打油，虽似偈语，却也自称是放屁了。这真是《何典》开宗明义所说的："放屁、放屁，真正岂有此理！"

周作人却没有把这两首当时引起文坛风波的七律编入《知堂杂诗抄》中，这是旁人补进去的。

虽然叫作打油，称作"牛山体"，周作人其实并没有菲薄之意，而是颇为自负的。他说："称曰打油诗，意思是说游戏之作，表示不敢与正式的诗分庭抗礼，这当初是自谦，但同时也是一种自尊，有自立门户的意思，称作杂诗便心平气和得多了。"自谦和自尊（也就是自负）是糅合在一起的，自立门户，还不自负！

但他也确有可以自立的道理。他的诗，是确实可以自成一家的。郑子瑜在跋文中一开头就说："现代留日中国四大作家（鲁迅、周作人兄弟，郁达夫和郭沫若），都是新文学运动的健将，但同时也都是旧体诗的能手。"

是的，但却有高下之分。以诗论诗，周氏兄弟可以说在伯仲之间，郁达夫次之，郭沫若又次之。就书法来说，鲁迅和周作人虽然名气不如郭大，但实际都比郭更有韵味，他们兄弟也还是伯仲之间。书法上最弱的大约是郁达夫了。这是纯粹从艺术性来说，并不掺杂任何其他因素。

周作人的诗就像他的散文，就像他的庵名，是苦茶，而苦茶总是清茶，在清苦以外，也还有青涩和清甜的味道。

乌鹊呼号绕树飞，天河暗淡小星稀。
不须更读枝巢记，如此秋光已可悲。

镇日关门听草长，有时临水羡鱼游。
朝来扶杖入城市，但见居人相向愁。

这些写得都很苦。有些更是苦而又涩，涩而富有余味的。例如：

禅床溜下无情思,正是沉阴欲雪天。
买得一条油炸鬼,惜无白粥下微盐。

河水阴寒酒味酸,乡居况味不胜言。
开门偶共邻翁话,窥见庵中黑一团。

但也有颇为清甜的,那就多半是儿童杂事诗中的篇章了。例如:

新年拜岁换新衣,白袜花鞋样样齐。
小辫朝天红线扎,分明一双小荸荠。(《新年》)

书房小鬼忒顽皮,扫帚拖来当马骑。
额角撞墙梅子大,挥鞭依旧笑嘻嘻。(《书房》)

蒲剑艾旗忙半日,分来香袋与香球。
雄黄额上书王字,喜听人称老虎头。(《端午》)

一霎狂风急雨催,太阳赶入黑云堆。
窥窗小脸惊相问,可是夜叉扛海来。(《夏日急雨》)

《夏日急雨》有小注:"夏日暴雨将至,风起云涌,天黑如墨,俗语辄曰夜叉扛海来。"一句"窥窗小脸惊相问",就活活勾画出"小鬼"们的又喜又怕的神情。

儿童和妇女,是周作人散文中的两类写得很有特色的题材,写在诗中,也一样有引人入胜之处。他有一首《童话》,就是这样说的:"平生有所爱,妇人与小儿。委屈殊堪念,况此婉娈姿。圣王哀妇人,周公非所知。又复嘉孺子,此意重可思……迢迢千百年,文化生光辉。妇女与儿童,学问各分支。染指女人论,下笔语枝离。隐曲不尽意,时地非其宜。着手儿童学,喜读无厌时。志在教与养,游戏实始基……何时得还愿,补写童话诗。转赠小朋友,聊当一勺饴。"不过他所写的那些儿童杂事诗却不是适合儿童读,只是给大人看的。

至于写妇女的诗,有《红楼梦》《白蛇传》等。对于《红楼》中的群钗,他表示"反复细思量,我喜晴雯姐";对于白蛇的遭遇,他表示绝恶法海,儿时掐了弹词卷中的法海像,雷峰塔倒后他希望应该由法海入代替白蛇出,永远把法海埋葬。这些都说得有意思,有情趣。

> 尝读红楼梦,不知所喜爱。皎皎名门女,矜贵如兰茝。
> 长养深闺里,各各富姿态。多愁复多病,娇嗔苦颦黛。
> 蘅芜深心人,沉着如老狯。啾唧争意气,捭阖观成败。
> 哀乐各分途,掩卷增叹慨。名花岂不艳,培栽费灌溉。

细巧失自然,反不如萧艾。反复细思量,我喜晴雯姐。
本是民间女,因缘入人海。虽裹罗与绮,野性宛然在。
所惜乃短命,奄忽归他界。但愿现世中,斯人倘能再。
径情对家国,良时庶可待。(《红楼梦》)

顷与友人语,谈及白蛇传,缅怀白娘娘,同声发嗟叹。
许仙凡庸姿,艳福却非浅。蛇女虽异类,素衣何轻倩。
相夫教儿子,妇德亦无间。称之曰义妖,存诚亦善善。
何处来妖僧,打散双飞燕。禁闭雷峰塔,千年不复旦。
滦州有影戏,此卷特哀艳。美眷终悲剧,儿女所怀念。
想见合钵时,泪眼不忍看。女为释所憎,复为儒所贱。
礼教与宗教,交织成偏见。弱者不敢言,中心怀恨怨。
幼时翻弹词,文句未能念。绝恶法海像,指爪掐其面。
前后掐者多,面目不可辨。迩来廿年前,塔倒经自现。
白氏已得出,法海应照办。请师入钵中,永埋西湖畔。
(《白蛇传》)

他又有一首《打油》写自己为什么要写打油诗的:

昔读寒山诗,十中了一二。亦当看语录,未能彻禅味。
但喜当诗读,所重在文字。吟诗即说话,此语颇有致。
偶尔写一篇,大有打油气。平生怀惧思,百一此中寄。

掐臂至见血,摇头作游戏。骗尽老实人,得无多罪戾。
说破太行山,亦复少风趣。且任泼苦茶,领取塾师意。

诗注说:"太行山事见赵梦白《笑赞》中,甲乙争辨太行山,甲读泰杭,乙读大形,就塾师取决焉。塾师左袒读大形者,甲责之。塾师曰,你输一次东道不要紧,让他一世不识太行山。"塾师的话当然是骗人的,但骗他一世不识太行山也并非没有一点可笑的道理。笑话不宜认真,说破了就一点趣味也没有了。

但《知堂杂诗抄》中,也并非没有使人不敢恭维之作。例如:

仓卒骑驴出北平,新潮余响久消沉。
凭君箧载登莱腊,西上巴山作义民。

诗注说:"骑驴是清朝状元傅以渐事,此乃谓傅斯年也。南宋笔记载有登莱义民浮海至临安,时山东大饥,人相食,行旅者持人肉腊为粮,抵临安尚有余剩云。"

这是《老虎桥杂诗补遗(忠舍杂诗)》的第二首,不是在老虎桥监狱,就是在入狱前夕写的。他以汉奸罪名入狱,却在嘲讽义民,那总是使人难于接受的吧。

他说,"其比较尖刻者"是删去了。这《为友人题画梅》是被他删了却又由陈子善补入《外编》中的:

墨梅画出凭人看，笔下神情费估量。
恰似乌台诗狱里，东坡风貌不寻常。

把他的入狱比作苏东坡的乌台诗狱，无论如何是拟于不伦的。也许他自己也觉不妥，这才删去。

有人记得，在老虎桥狱中他还有一首悼林柏生被处决的诗，"□□未闻怜庾信，今朝又见杀陈琳"。自比庾信，且不说它，把汪伪政权宣传部长的林柏生之死比为曹操杀陈琳，就更是岂有此理了。

当年曾经劝过他出任"华北教育总署督办"，以免被恶名甚著的缪斌抢去这一伪官的许宝骙，不久前为一《知堂诗稿》书册题跋时说："……中有在南京狱中之作，余摩挲吟咏，枨触万端。世历沧桑，人隔明冥，时逐逝水，事付烟尘。翁之学术文章自是昭传久远，而出处节操且由后人评说。至于余之于翁，窃自以为论公差得两害取轻之理，于私殊失爱人以德之道。言念及此。愀然伤怀矣！"

当年到过日军占领下的北平，见过周作人的唐弢，最近写了一篇《关于周作人》，提到周作人在一九五四年写过一封六千字的长信给周恩来。毛泽东在看过这封信以后说："文化汉奸嘛，又没有杀人放火，现在懂古希腊文的人不多了，养起来，让他做翻译工作，以后出版。"

养起来的费用先是一月二百，后是四百，算是译文的稿费。

以后出版了他的一些译作和关于鲁迅的一些著作,但他自称偿了五十年心愿的希腊路喀阿诺斯的《对话集》,似乎至今还未见出书,不知何故。

一九八七年五月

书愤放歌吴世昌

吴世昌这位和香港有一点诗缘的著名学者,在北京去世已快半年了。所谓诗缘,不是别的,只是他的《罗音室诗词存稿》初印本和增订本都是在香港出版的。他没有在香港工作过,也没有什么吟咏香港的诗词。但无论五十年代在英国,八十年代在北京,他的集子都是由香港商务印书馆替他印的。英国印中文书的条件不好,北京有这种条件,也许前几年从"文革"复苏过来不久,充分的出书条件还是缺乏,他的《存稿》的增订本也就驾轻就熟,重印于香港了。

无论在香港或是内地,不少人可能没有注意到这个集子。这是很可惜的。

知道吴世昌的人,都知道他是"红学家"。他的红学著作有中英文本,但我感兴趣的,却是他的诗词。

他有一首和曹雪芹有关的诗。说一首不确切,应该是两句。但得先从一首说起。

唾壶崩剥慨当慷,月荻江枫满画堂。
红粉真堪传栩栩,绿尊那靳感茫茫。

> 西轩鼓板心犹壮,北浦琵琶韵未荒。
> 白傅诗灵应喜甚,定教蛮素鬼排场。

清人的笔记和诗话中,载有"白傅诗灵应喜甚,定教蛮素鬼排场"这两句,说是曹雪芹题敦诚的《琵琶行传奇》的句子。全诗不存,这两句就成了曹雪芹仅存的传世断句了。真是可贵的两句!

但却是曾经作弄人的两句。最初,同是红学家的周汝昌说他手头有了这么一首全诗,也就是上面这首,又在他的《红楼梦新证》中说:"按曹雪芹遗诗零落,仅存断句十四字。有拟补之者,去真远矣。附录于此,聊资想象。"

他在这里弄了一点狡狯,只说有人补成全诗,却不说补者是谁。有人拿给吴世昌看,吴世昌赞是好诗,还断定全诗都是曹雪芹所作,不是别人补上的。周汝昌这才承认,补这首诗的不是别人,正是他自己。吴世昌还是坚持原来的看法,而且说周汝昌写不出这样的好诗。这件事一时传为笑谈。

不能因为这样的一次"跌眼镜",就说吴世昌没有眼力,更不能因此低估他在诗词上的成就。

未谈其诗,先看其人。吴世昌的一生,是颇有可记的。

抗日战争以前,吴世昌在燕京大学读书。担任过学生抗日会的第一任主席(其后是黄华、陈翰伯),曾经北上长城前线水口劳军,更曾经南下到南京哭陵——登中山陵而痛哭。抗日战争胜利以后,在报刊上写过不少时评,痛砭时弊,刊于当时著名的《观察》周刊,主编是著名的报人、学者储安平。吴世昌就是因为这些时评,而受到当局的嫉视,仓促去了英国牛津大学教书的。他本来可以长期在这世界著名学府执教,却毅然在六十年代初期偕全家回国,那时正是三年困难时期的尾声,北京方面曾经劝他再缓三几年,等形势好了再回来,他却不怕艰苦,回到北京。不过三几年就碰上了史无前例的十年浩劫,他当然在劫难逃,而一个女儿因此旧病复发,成了狂人,这些遭遇使人听了心酸。十年过去,他却是夕阳虽好,黄昏已至的日子了。去年逝世时是七十六岁。

他早年在燕京,和诗人、学者陈梦家,女诗人赵萝蕤都是同学。有人说,他的集子取名《罗音室诗词存稿》,此罗和彼萝是有些关系的。但后来却是陈、赵终成眷属,成就了新诗和新诗的结合。陈梦家后来虽然在考古学上大有成就,早年却是以"新月派"诗人知名于世的。吴世昌写作的一直是旧诗词。问题当然不在于诗体的新旧,但从表面看来,陈、赵总是新诗和新诗的结合。

在罗音室主人求学燕京年代留下的诗词中,可以看到这样一些绝句和律诗——

沉醉东风又一春,百年草草付流尘。
如何珠箔飘灯夜,望断红楼隔雨人。

"如何河岳英灵气,钟于寻常陌路人";"如何三十三天外,尚有小禅十二天";"如何碧海青天夜,不念相逢一夕迟";"如何地老天荒后,重觉月圆花好时",这样的《如何》诗一共有五首,这些诗和诗中人究竟如何,人们是不容易了解的。

  迢递斜晖照凤台,当春无绪倦衔杯。
  待留泪眼看花尽,难买香车载梦回。
  前蕊缤纷谁更拾,相思狼藉不成灰。
  何堪检点芳时恨,满目愁云压鬓来。

  歌管今宵第几回?春城颜色满楼台。
  灯前舞影他年梦,酒后情怀昨夜灰。
  客里浮生长转侧,吟边偶驻亦低回。
  人间道尽欢场乐,我到欢场只更哀。

  百感年来苦不禁,当歌对酒久消沉。
  纵教瀽落千朝醉,难剪迷茫一寸心。
  人世已无堪恨事,他生未必更情深。
  青春如梦何消说,梦里谁能着意寻。

一首《凤台》,一首《欢场》,一首《百感》,未必都属于特殊的"罗音",却总是写出了少年情思和愁怀的吧。

但最使人注意的却是他后来在重庆的一首长诗,《乙酉八月二十七日书感五十韵》。乙酉是一九四五年,抗战胜利之年;八月二十七日,是美、英、苏三国的《雅尔塔秘密协定》公布之日,根据这个协定,外蒙古要独立,旅顺、大连和中长铁路要由苏联占有三十年,而西藏未来的地位也将做重新的确定。吴世昌在他写社论的重庆《时事新报》上写了文章,于一片谀声中指斥这是丧权辱国的条约。还引了丘逢甲的诗,"四万万人同一哭,去年今日割台湾"抒愤,表现了一士谔谔的风度。文章以外,他还抑制不住满腔义愤,写出了罗音室集子里最长的一首诗:

举首望边疆,低头思故乡。边疆不可望,一念摧肝肠。
故乡频梦到,触目生悲凉。江南佳丽地,但见蓬蒿长。
烽火八年余,乾坤百战场。侏儒饱欲死,黔首血玄黄。
半壁山河在,笙歌殊未央。宁知辇毂下,白骨堆路旁。
党锢矜严密,国是徒参商。坐看民力疲,将伯呼盟邦。

梯航来万里,星斾越重洋。列舰成洲屿,飞垒蔽骄阳(当时美国重轰炸机称为飞行堡垒)。

双丸落海市,遂令虏胆丧(美国以二原子弹投于日本广岛及长崎)。

而我星槎使,御风迳大荒(宋子文飞苏联议中苏条约)。

不待秦庭哭,雄师起朔方(苏联对日宣战向我东北出兵)。

顽寇惨聚歼,降表出倭皇。薄海欢声动,兆民喜若狂。
乍听翻疑梦,不觉泪琳琅。垂泪还相贺,禹甸今重光。
纷纭办车舟,颠倒着衣裳。痴儿娇无那,催母理行装。
呼儿披舆图,关河若金汤。西北探昆仑,中原觅太行。
儿家在何许?谈笑指苏杭。美哉吾中华,宛如秋海棠。
祖宗所缔造,艰苦亦备尝。从今好经护,国祚驾汉唐。

况以管霍才(蒋氏外戚孔祥熙、宋子文迭掌财政、外交,史称管仲分财,每多自取。霍光传赞,史臣议其不学无术,阁于大理。以比孔宋,殆不相远),折冲筹边防。

帷幄擅胜算,兼可弭阋墙(蒋氏欲借斯大林以制中共)。

金券与玉牒,庙谟何辉煌。一朝庆露布,行见失蒙藏(蒋氏是日宣布雅尔塔密约,逼我许外蒙独立,并云将来西藏亦当使其独立。以蒙赂俄,以藏饵英,冀借外力,以固其权位)。

百僚善祷颂,稽首齐对扬。辽东久杌陧,裔割任虎狼(旅顺、大连二港,光绪二十四年清廷租予帝俄,为期二十五年。日俄战后为日本所占,改东清铁路为南满铁路。九一八事变后,日占东北三省。雅尔塔密约又许苏联强占旅大两港及中长铁路三十年)。

塞北非吾土,得失痛何丧?(傅斯年在渝报著论,谓外蒙各盟本非吾土。其无耻媚蒋如此,蒋遂以傅为北京大学代理校长。)

辱国浑闲事,弹冠且称觞。乡校绝舆论,谄谀咨嚣张(时重庆各报莫不阿谀中苏新约。惟不佞在时事新报撰文,斥为丧权辱国。题下引丘逢甲诗曰:四万万人同一哭,去年今日割台湾)。

战胜金瓯缺,犹自夸四强。谁怜蚩蚩者,闻此转迷茫。

欢泪尚承睫,辛酸已夺眶。匹夫情怀恶,竟夕起彷徨。

忆昔欧战初,国步正踉跄。大憨谋窃国,岛夷肆披猖(袁世凯自立为帝。日本迫袁签订卖国之二十一条密约,以易日本对袁帝制之承认)。

五载干戈戢,乃教密约彰。众怒不可遏,巨吼发上庠。

大义昭日月,举世震光芒。万邦订和议,我独拒签章。

荏苒廿六年,国事如螗蜩。于今号训政,民意见消亡。

所嗟无寸柄,袖手阅沧桑。

诗后有跋,却是写在三十七年以后的一九八二年的:"右《乙酉八月二十七日书感五十韵》,作于抗日战时之陪都重庆。所咏之事,虽举国悲愤,而噤若寒蝉。盖国人方以对倭胜利之虚骄,掩其丧权辱国之奇耻。外慑强邻,内忧阋墙。吞声之泣,世不可闻。越三十又七年,乃见故清华大学教授义宁陈公寅恪之《寒柳堂集诗存》,有题与拙作不谋而同,曰:乙酉八月二十七日阅报作。余乍见而触目惊心,读竟则悲不自胜。呜呼,茫茫禹甸,蔼蔼神州,望边州而饮恨,揽舆图而殷忧者,岂独仆与陈公二人而已哉!陈诗为五律,附录如下:目闭万方愁,蛙声总未休。乍传降岛国,连报失边州。大乱机先伏,吾生命不犹。可怜卅载后,仍苦说刀头。"

正是这样,"望边州而饮恨,揽舆图而殷忧者",岂独陈、吴二人!为失去外蒙古,使中国的地图不再成其为秋海棠叶之情而悲愤的,大有人在,不过当时由于国共两党都屈从于苏式霸权主义足下,这才使得"虽举国悲愤,而噤若寒蝉",左右都作不得声罢了。

今天,旅大和中长路早就归还了,西藏也不存在岌岌可危的"独立"的危险,只是秋海棠叶般的遗恨还没有消除,也不知道还有没有消除的一天?

吴世昌这首长诗,在《罗音室诗词存稿》的初版本中是没有收录的,因为在海外找不到;八十年代再版时,找到了,收录了,还加上了跋文。不知道是不是这就使得集子不便在北京出版,而只好依然在香港刊行?

吴世昌还有另一可注意的长诗——《放歌二十三韵(有序)》。序文说:"近来各地流行革命口号中,有'读书无用论''知识越多越反动''外行领导内行'等语。今撮其要,歌而咏之,以志不忘而永其传。时庚戌(一九七〇)仲春,作于息县五七干校。"河南息县是他在"文革"期间被下放的地方。他是科学院文学研究所的研究员,科学院的"臭老九"们当时都下放到这息夫人的故乡去了,包括老"红学家"俞平伯。

君不闻西楚霸王鄙文字,但记名姓无他利?(《史记·项羽本纪》引其语曰:"书足以记姓而已,不足学。")又不闻斛律六敦而妩媚,自己名也不会记?(见《北史·斛律金传》:"性质实,不识文字。本名敦,苦其难署,改名为金。")自古英雄起草莽,何须占毕操觚弄?上马杀敌势如龙,提笔却有千斤重。知识越多越反动,读破万卷又何用!君不见东坡愿子愚且鲁,庶几无知无识无灾无难到三公?(苏轼《洗儿》诗:"但愿我儿愚且鲁,无灾无难到公卿。"既云"公卿",当然包括三公九卿。)外行从来领内行,古今革命意相通。咸阳一炬连三月,大破四旧立首功。今之咸阳在通州,百宋千元同消溶。民可使由不可知(见《论语·泰伯》),老庄儒学将无同?(阮瞻对王戎语,见《晋书》本传。)吁嗟乎,人生识字忧患始,七窍凿而浑沌死(见《庄子·应帝王》)。古来圣贤皆寂寞(李白:《将进酒》),子云识字终投阁(杜甫:《醉时歌》)。昔者仓颉作书鬼夜哭,奈何不见天雨粟?(见《淮南子·本经训》,亦见《说文解字》序。)天不雨粟也不妨,"如是我闻"传四方:只要阶级斗争年年讲、日日谈,工农生产自然而然会跟上。

他还有另一首"文革"诗:"息县干校示同室何其芳君——自己酉至辛亥余在干校隶菜园班,其芳为饲养员。在东岳村中,同住一泥屋。"己酉是一九六九年,辛亥是一九七一年,前后三年。

> 君留东岳牧群猪,我去菜园学种蔬。
> 未醉宜防钟会问,不眠还读兽医书。
> 田头岁月宁无感?井底黾蛙各有图。
> 却喜老夫低血压,不愁多病故人疏。

这里的"钟会问"典出《晋书》:"钟会数以时事问阮籍,欲因其可否而致之罪,皆以酣醉获免。"可见钟会是个无中生有的专家(也许是鼻祖),而"文革"期间的"钟会"却多至无数,被害在无中生有上的人也多至无数。"文革"使人感到人性恶,"文革"成为史无前例的恐怖时代,"钟会式"不过其一耳。

回国后虽然吃苦,"文革"中不免有祸,吴世昌并没有什么怨辞。这又不禁使人回想起他五十年代末期在英国的一首七律:《中国文化代表团访英谢冰心先生见告北京人民英雄纪念碑建成感赋》:

> 长留典范昭儿孙,百尺丰碑峙国门。

四壁浮雕昭信史，兆民解放仰深恩。
当年共誓英雄志，举世今知禹甸尊。
海外孤臣遥稽首，凭君携泪奠忠魂。

他这个当年的"海外孤臣"，自己也是"长留典范"了。

一九八七年一月

精通洋文土诗人
——荒芜和他的纸壁斋诗

虾蟆眼镜泛银光,椎髻金环港澳装。
茶果迎来堂上坐,共听海客话西洋。

——《羊城杂咏》

云雾茶甜米酒香,高山高处有仙乡。
牧童牛背吹笛去,窄袖红衫是港装。

——《罗浮山村》

这些一再吟咏港装的,是今年一月才出版的《纸壁斋续集》中的两首小诗。纸壁斋在北京,纸壁斋主人荒芜早年是从事外国文学翻译的,而"晚年竟以旧诗称"了。在北京,谈旧体诗如提起绀弩,就容易使人想到荒芜。他著有《纸壁斋诗集》《纸壁斋续集》等;他译有《马尔兹中短篇小说集》《奥尼尔戏剧选》等。他曾经在外文出版局工作,后来转到社会科学院外国文学研究所当研究员,还是脱离不了外文。

他虽爱写旧诗,但并非不读新诗。他在谈旧体诗时,年来总爱称赞这样一首新诗——

> 我拾起一块石头,
> 我听见一个声音在里面吼:
> "不要惹我,
> 让我在这里躲一躲。"

这首诗不仅形式是新的,而且作者还是西的,他是美国诗人安格尔,也就是女作家聂华苓的丈夫。荒芜一再称赞这只有四行的题为《文化大革命》的诗,说它是杰作,形象地刻画了"文革"留在中国人心理上的恐怖。

荒芜自己也写了不少有关"文革"的诗。他的《纸壁斋集》的第一首诗就是《牛棚抒怀》:

> 危楼高议自纷纷,太息鱼龙未易分。
> 莫谓低头非好汉,可怜扫地尽斯文。
> 听猿实下伤心泪,斗鬼欣闻滚蛋声。
> 灞上棘门儿戏耳,亚夫原是女将军。

他当年在牛棚中的难友有人瘦得像只猴子,每咳必三声,声音凄厉动人,他于是把杜甫的句子"听猿实下三声泪"改成了"伤心泪"。诗中被斗的"鬼",就是被指为牛鬼蛇神的他们那一群,每一次斗完,一声"滚蛋",就等于宣告大赦,尽管挨骂,却不免欣然了。管他们这群"鬼"的是一个女工出身的人。态度严厉,那种"文革"的严厉其实就是儿戏,现在是谁都明白了。

"文革"是林彪和"四人帮"的先后好戏。荒芜的《七〇四工程》的诗是林、江并举的,虽然这个工程只是林彪当年在杭州的行宫的代名词,如今已是对外开放,可容海外归来的人下榻,到此一宿。

> 行宫歌舞乐洋洋,半入山林半入隍。
> 借问西湖谁得似?半闲堂里贾平章。
>
> 山南海北起行宫,地狱天堂相对红。
> 惭愧人民新世纪,几家得意万家空。
>
> 依样葫芦画个圈,阜成门畔有官园。
> 刘安真个成仙去?鸡犬飞升是浪言。

林彪在这里被比成南宋的奸相贾似道。官园是江青在北京的行宫,现在也开放了,改为少年文化宫。江青现在是从官园"乔迁"到更大的秦城了,当然,所住的只是小小的一个院落。幽居无事,一度说她的长日劳动是生产布娃娃,以至于引起了美国的兴趣，想出高价引进到他们美利坚去，后来这被指出只是神话即鬼话。江青到底在劳动些什么，没有人说，新的传说是，她的女儿是定期带了外孙去探望这位古稀妇人的。她平日看书报电视，也颇不寂寞。荒芜曾为《白骨精画像》：

> 独坐秦城里，含情忆故家。
> 官园一片柳，宾馆满台花。
> 霸业黄粱梦，声名赤练蛇。
> 久违样板戏，且弄布娃娃。

诗中"满台花"的台是钓鱼台，当年也是江青常住之处，现在已改为国宾馆。外国来的贵宾都住在里面，巨贾也可以住在里面。去年修整了（一说是新起）一座宫殿式的建筑接待英女王，目前又在新建高级旅馆以便招待更多的巨贾，这是和香港方面合作的一项工程。诗中的"且弄布娃娃"只是一个戏弄人的流言，而样板戏在去年曾试唱过几回，由于因唱声而引人思旧惹恨，大受反对，也就唱不下去，于是几乎"复出"又终于成为还是"久违"。

荒芜另有写江青的诗在《长安杂咏》中：

> 居然旗手自吹牛，合是林彪貉一丘。
> 讲史野心尊吕雉，说书遗笑误红楼。

西园廊榭秋驰马,北海芙蓉夏荡舟。
牙爪竞传三突出,小于名次压钱刘。

江青自居为文艺"旗手",又自谦为"半个红学家",但她信口开河,笑话百出,把后汉羊子妻的故事说成是战国的乐毅妻,就是一例。西园有人说是颐和园,也有人说是官园,官园虽不如颐和园的规模,却一样是"老娘"策马驰骋过的地方。"三突出"是江青的文艺理论,唱戏的浩亮和跳舞的刘庆棠都是她的文艺上的爱将,仅次于那个于会泳。

荒芜还有一首写江青的诗《代答客问》:

人生百年一场戏,演来演去成大计。
丈夫谁得永流芳?遗臭老娘传万世。
上海滩上《大雷雨》,争及十年太后吕。
十年叱咤变风云,俺在中国首屈指。
政治局中十八九,不过手中小棋子。
彭越韩信须臾殁,只恨未除平与勃。
若问奥妙求演技,争抓旗帜有先例。
演员遇合有后先,俺比里根早十年。
十年如偿侬家愿,人头再落一千万。

诗的结句是奇想忽发,把江青和里根相比,只因同是电影演员。但两人并不相同的是：一个未偿所愿当上主席，一个却如愿以偿地做了总统，最后一句"人头再落一千万"真是奇兵突出，笔力千钧，更显沉痛！

荒芜的诗并不是只写"文革"，而回避现实的。他的讽刺现实的篇章数量更在鞭笞"文革"的诗作之上。不但量多，而且也写得大胆、深刻，这在目前的中国诗坛上，恐怕是没有第二个人可比的。

先从他一些游广东的诗说起吧。

羊城风物应繁华，近水依山百万家。
十里清香红豆树，满川火焰荔枝花。
街头低酌消长夜，楼上高谈品早茶。
最是回肠荡气处，洋歌一曲唱娃娃。

开明世纪导先河，文采风流此地多。
沧海新诗掀革命，中心伟论起沉疴。
漫言珠海吞恩马，深庆特区有赵佗。
生气蓬蓬形势好，何须苛责迪斯柯。

第一首是《羊城滩咏》，"唱娃娃"是听到人唱 Baby, my baby！第二首是咏《特区》,诗中提到的丘逢甲(沧海)是晚清"诗界革命巨子"，驳斥极左的清教徒们把特区经济政策看成向资本主义投降的必然结果,他们放言:"恩格斯和马克思在珠江里淹死了!"而提到"迪斯柯"(迪斯科)时,就更加好笑:"清教徒们不仅把曲调缠绵悱恻的歌曲看成黄色音乐,而且把西方的流行歌曲几乎都算在黄色歌曲之内,他们还专门出版了一本小册子,帮助人们区分'什么是社会主义的音乐,什么是资本主义的音乐'。书中解释说:'黄色音乐使人头脑昏沉,一听到这种音乐,人就不想工作,就想干坏事。'"这样的伟论,在海外的人听来,就真是海内奇谈了。

我们的诗人是站在改革派这一边,那是可以说旗帜鲜明的。

在游览广州、参观特区之外,诗人既到了岭南,少不了要一游惠州的西湖。他不久前到过河南洛阳,访过白居易墓,又到过偃师,访过杜甫墓,所见都只是荒坟(白香山墓现在已经修好了),而在惠州,却看到了新建的东坡纪念馆和新塑的东坡像,对比之下,就有了这样的诗:

> 龙门冷落一抔土,寂寞偃师杜少陵。
> 多谢惠州贤执事,大苏今日得知音。

这没有什么,使人从古代一下子就转到现代的,是另一首诗,这诗是由苏东坡的诗"人皆养子望聪明,我被聪明误一生。惟愿孩儿愚且鲁,无灾无难到公卿"而引起的:

> 东坡晚年诗更奇，骂尽公卿愚鲁儿。
> 而今大府多奇才，空前绝后独占魁。
> 飞机运黄金，快舰贩人参。
> 求田问舍为儿孙，空房无人犬守门。
> 将军好文不好武，信手写诗如捣鼓。
> 头白龙钟似朽株，金屋犹藏二八姝。
> 昨日去趁墟，街头听竹枝：
> "不如早归去，去见马克思。"

诗注说："……《人民日报》消息：包头市某副市长，一人竟占住房达十一处之多，无人看房，便用狼狗守门。"这就是"空房无人犬守门"的出处。但诗不仅写市长，更写将军；不仅写占房，更写了飞机、快舰的运用，真是洋洋乎大观。这牵涉什么样的公卿，什么样的儿孙，就不必说了。人们都能心领神会的。

市长、将军之外，更奇的还有"吸血虫"书记。"……《人民日报》读者来信：兰州五○四厂职工医院党委书记梁伯哲依仗权势，在长达十年的时间里，给自己输用了近一万毫升的血浆……相当于把一个人的全身血液替换四次。群众指斥他为'吸血虫'……血浆是用来抢救危急病人的。梁无急病，却长期大量输血，完全是图个人'舒服'。"他还长期占用一个单间病房，公费输用能量合剂，私拿多占贵重药品。巴结他的，重用；反对他的，压制、报复。于是荒芜的诗中就有了《吸血虫》：

古代吸血有恶鬼，而今吸血不用嘴。
特殊材料自不凡，只图"舒服"心里美。
十年吸血万毫升，难怪小民瘦如鬼。
病房独占作行官，胆敢说"不"要掌嘴。
梁公不过小书记，夺横恣睢大放肆。
朝中有人好做官，后台高高踞高位。
君不见，站长迎亲开专列，五虎二狼不可说。
已看红日出中天，会扫妖氛灭蟊贼。

这首诗文引出了一个站长和"五虎二狼"。

这是《人民铁道报》的报道，某站站长张敬荣迷信"闺女出门在上午，寡妇改嫁在下午，错了时辰不吉利"，派专列火车，为儿子迎亲。

这是《人民日报》的报道：黑龙江的北安市，公安局长的儿子、组织部长的儿子、政协主席的儿子、人大常委会副主任的儿子、人事局副局长的儿子和副市长的儿子被人们称为"五虎二狼"，以"衙内"而横行北安，是虎狼而杀人奸淫，四年中作案三百多起。

诸如此类，这样的新篇在荒芜的笔下有得是，再举一首五绝的小诗吧：

> 失业洲洲有,何如待业新?
> 发明一个字,顿觉四时春。

诗题是《发明家》,诗前小序由美国失业率上升、多人自杀说起,谈到"中国没有失业者,只有'待'业者。创造这个字的人是个伟大的发明家,他只用一个字就阐明了中国社会主义制度的优越性"。

他讽刺这种巧言掩饰的做法,也讽刺一味报喜的作风。一九八一年四川有严重水灾,洪峰过后三天中央电视台才播出救灾新闻,当外国记者问起为何不报道灾情时,答复是:灾情新闻只能增加人们的忧患!荒芜因而有诗:

> 新闻故事各千秋,明日黄花蝶不愁。
> 何必苦心追速度,但能报喜便无忧。

不过,受到讽刺的不应该是电视、广播或报纸。这不是它们所能决定的,决定的是政策。这种报喜不报忧的情况近年已有所改进,但还很不够。随着新闻改革之声被反对资产阶级自由化的声音所掩盖时,新闻种种是恢复原状还是继续改进,这就要拭目以待了。

虽说在北京写旧体的诗人中,提起绀弩,就容易想到荒芜,但在紧密地结合现实上,在针砭时弊上,荒芜是更加显得突出的,日日登坛——天坛的荒芜,到底要比长年卧床的绀弩来得更加活跃、尖锐。众多诗人中,不论写旧体或新体的,荒芜都是最为突出的"以杂文入诗"的诗人。他不但主张"歌诗合为事而作",也主张合为人而作。他说自己的诗百分之九十都是为人而作的,不是赞颂,就是讥弹。

《纸壁斋续集》中,有一集是《赠答集》,既有赠人,也有赠己的篇章。有两首《自嘲》,一首有"半世无端当右派"之句,另一首是:

> 学书学剑两无成,只合螺丝作小钉。
> 百万庄中穷措大,洋文局里土诗人。
> 征东跨海心犹壮,说项依刘愧未能。
> 欲买茅台图一醉,悚闻酒价又飞腾。

百万庄是外文局的所在地,他是曾经在外文局工作过的。据说有人在译柳亚子的诗"开天辟地君真健,说项依刘我大难"时,把"说项依刘"解释为"说服项羽,投靠刘邦",一时传为佳话。诗中的"开天辟地"是说新中国开国之际的毛泽东,此人莫非把柳当成说客,把毛当成刘,而把蒋当成项了。荒芜又有一首《赠自己》:

> 羞赋凌云与子虚,闲来安步胜华车。

三生有幸能耽酒，一着骄人不读书。
醉里欣看天远大，世间难得老空疏。
可怜晁错临东市，朱色朝衣尚未除。

这首诗写于一九七六年五月，发表于一九七九年八月，却被人严厉指责，其中也指责到他不满现实，甚至是不满一九七九年的现实，因此"更不愿意为官作仕了，红色的官服还没有脱下来（朱色朝衣尚未除）就丢了脑袋，何苦来"。但事实上，诗人写这首诗的时候，正是邓小平在参加了周恩来追悼仪式，诵读悼词以后就被罢官的当儿，他是把邓小平和晁错联系起来了。晁错被汉景帝匆匆忙忙推去东市刑场杀了头，而邓小平也被匆匆忙忙推下台来，在当时看来，似是已经结束了政治生命，而想不到他还能又一次地东山再起。这就使打棍子的人落了空，扯不到一九七九年荒芜还在不满现实，欲加之罪，也就仍患无据，也就成了不免另一次"一时传为佳话"了。

一九八七年三月

杨宪益诗打一缸油

"百万庄中穷措大,洋文局里土诗人",是荒芜的自嘲诗,也是他《和宪益》的诗。这两句对杨宪益来说,是更加用得上的。荒芜在外文出版局工作过,后来到了外国文学研究所,因此后一句他又改为"外文所里土诗人"。但杨宪益多年来一直在外文局工作,没有动过,也多年来以穷措大而长住在百万庄中,怡然自得,仿佛他就是百万富翁。事实上,他恐怕的确是一个精神上的百万富翁,或者说,是酒的百万富翁。

他藏酒甚多,中西名酒俱备。而更多的是把它们藏在胸中。

三年前的一九八四年,他年方七十,请丁聪画了一幅像,自己题了一首五律:

> 少小欠风流,而今糟老头。
> 学成半瓶醋,诗打一缸油。
> 恃欲言无忌,贪杯孰与俦?
> 蹉跎惭白发,辛苦作黄牛。

他傲然自得地问:"贪杯孰与俦?"是很难有人比得上他的。

他自称可以两瓶茅台不醉,虽然有一年访问澳大利亚归来经过香港时,不到一瓶茅台就把他打倒了,但那只是属于旅途劳顿后偶然的失态——失去状态。平日里,他就不是轻易打得倒的。他虽然是翻译之家——和夫人戴乃迭都是译林高手,又是翻译名家——两人都负盛名数十年,但他的酒名至少不比译名为小,如果不是更大的话。吴祖光说他"酒狂思水浒,馔美译红楼"。他夫妇二人是英文本《红楼梦》的合译者。

他"言无忌"。黄苗子为他的画像题诗:

何用杨雄赋解嘲,宪章酒业尚无条。
狂言偶发非无益,像个瘪三转更糟。

诗的前三句中,一句藏一字:杨宪益。诗注说:"杨雄,应作扬雄,此借用。'语言无味,像个瘪三',见《毛泽东选集》。"杨宪益的"狂言"是有味的。

信手拈来,就是一例:"杨子丰慢慢地站了起来,他端起酒杯,看了看杯中的酒,高声说道:'我不要童年,不要青春,我愿意一生下来就是老年……'"

这是谌容的中篇小说《散淡的人》的结束语。有人看了这篇小说后说,这是写杨宪益。问过他,他没有否认,只是说,我倒没有什么,不过有人不大满意她这样写法。那么,如果把杨子丰的话当作杨宪益说的,大致也就不会差得太远吧,虽然没有听到他说不要童年,不要青春,只要老年,但这的确很像他的话。

听到的是他一边喝酒一边和家人谈《红楼梦》,谈到谌容和张洁这两位女作家,谈到有人说张洁是林黛玉而谌容是史湘云。他自己呢?是电视连续剧《红楼梦》一大堆顾问里头的一位。

在他客厅的墙上,挂着一幅华君武的漫画,画面是许多人都见过了的:曹雪芹挑灯写作,在他身后,一位现代人物拉住了他的长长的辫子,细细观察,要作考据文章。但题字就不同了,不是一句话式的标题,而是这么一段文字:"乃迭同志嘱画《曹雪芹提抗议》,此画原是反对搞烦琐考证,故曹雪芹说:'你研究我有几根白头发干什么?'不意发表后有些红学家神经过敏。今红学家杨副会长寓有此画,足见会长风度非凡。"

杨宪益指点着画幅说,我不是什么副会长!但他并没有说,我不是红学家!没有问他,如果江青的"半个红学家"的地位能够确立,他还要不要否认自己是个红学家呢?

他如果是红学家,当然是由于夫妇合译了《红楼梦》的缘故。至少孤陋寡闻如我,就记不起他发表过什么有关《红楼梦》的权威学术著作。

他否认过自己是什么"翻译权威",说是顶多可以称为翻译匠。

他倒是有一首有关翻译的诗:

> 一从胡羯乱中华，学语鲜卑亦足夸；
> 多译只能称译匠，横通未必是通家；
> 莫嫌留学西方贵，总怪投生本国差；
> 梦获奖金诺贝尔，奔驰取代自行车。

"奔驰"就是香港的"平治"汽车。诗并不是讽刺哪一个人的，译匠云云，甚至于说是自嘲也未尝不可以吧。

他有这样一首自嘲诗：

> 左倾幼稚寻常病，乐得清闲且赋诗；
> 致仕悬车开会少，入冬贪睡起床迟；
> 青山踏遍人将老，黄叶声繁酒不辞；
> 久惯张弛文武道，花开花落两由之。

"左倾幼稚寻常病"，平凡的事情，精彩的诗句！但在杨宪益来说，他虽说寻常，这病却又有点不寻常。我是从黄苗子一首诗的注文中才知道的："公病晕，觉一切事物向左旋转。"是这样的左倾病！

黄苗子有诗，《拟集成语为诗，忽接羊公佳什，糊里糊涂，凑成一律》：

自碰灯杆自拐弯，有心出岫却还山；
　　左倾幼稚寻常病，右划年光特别闲。
　　车到山前必有路，事非经过不知难；
　　白兰地续茅台酒，今古奇观一启颜。

"左倾幼稚寻常病，右划年光特别闲"，好对！比喝罢白兰地再喝茅台更好。而这样进酒，正是杨宪益贪杯的好习惯！

左倾幼稚，但启功认为这并不是幼稚，而是老成——年老成病。他说："杨公所患，正美尼尔氏综合征也。无方可医，只能任其自愈。"这也是诗注，启功和诗的自注。和诗如下：

　　宛然立愈头风檄，却是轻松七律诗。
　　美疢备尝怜我早，奇方无效献公迟。
　　天旋日转回龙驭，地动山摇悟戏辞。
　　但作笨牛随孺子，任他斋主问何之。

杨宪益似乎很喜欢鲁迅的诗句，"花开花落两由之"，和明末清初某人的诗句，"黄叶声繁酒不辞"。在"左倾幼稚"的七律中借用了，在另一首七绝中又借用了：

　　黄叶声繁酒不辞，花开花落两由之。
　　何当更觅千杯醉，便是春回大地时。

这里是莫管它花开花落,喝酒吧。前边的"久惯张弛文武道,花开花落两由之",使人感到:运动来时紧一紧,运动过了松一松,又紧又松,松松紧紧,紧紧松松,这就是毛泽东引用过"文武之道,一张一弛"的成语,来说明中国这些年的景象,习惯了,也就管不得那许多,任它"花开花落两由之"了。这是平静道来,并非"狂言",可以说是深得温柔敦厚之旨。

这首绝句还有另一个版本:

咫尺天涯系梦思,雪深路滑客来迟。
何当更尽千杯酒,便是春回大地时。

雪深路滑,使人想到他另一首写天寒、地冻、冰滑,和丁聪开玩笑的诗:

东瀛载誉乍归来,又得乔迁亦快哉!
王粲登楼能作赋,屈平去国自成灾。
七军溺水悲关羽,满地和泥笑老莱。
幸喜天寒堂易冻,书房改作滑冰台。

当时丁聪的新居以高楼而闹水灾,受到水浸,成了话题,成了诗题。

这些诗篇,油是打了一缸缸,但其言却不见得怎么"狂"。

也许有人会这么说的。或者更会说，好像言多不及义呢。

酒，可以常喝；言，总不能常"狂"的。"狂言偶发"才"非无益"。"张弛文武道"，不能总是张，也要弛。打油诗自娱娱人，轻松是它主要的艺术特色，就是正经的道理也是用轻松的语言来表达的，过分正经，就不成为打油了。杨宪益也有这样的诗：

  拍马吹牛易，由奢入俭难，
  可怜败家子，断送好江山。

这就一点打油的味道也没有了。没有了打油，也就没有了味道。并不是说非打油不可，但那却是另一条路子了。

杨宪益这个"散淡的人"，并不是没有严肃题材的吟咏之作，但既谈打油，就姑且从略。

"人过花甲未入党，事非经过不知难"，他曾经有过这样的两句，他晚年的大志之一，就是成为中国共产党的党员。这不是很能表现他严肃的一面吗？散淡而又严肃，统一在这位学人、诗人、酒人的身上了。

"不辞千日醉，长共百年心。"在他的客厅里挂着这样一副对联，十个大草字写得龙翔凤舞，那"不辞千日醉"五个字，真是神采飞动，笔力千斤。我认为，那是黄苗子写得最好的大字草书之一。

用在杨宪益身上,那也是最合适的。

"长共百年心"!

一九八七年六月

附记:黄苗子新出《牛山集》

和杨宪益经常唱和打油的黄苗子,他的诗集《牛山集》在宁夏出版了。和他的杂文集《千字文》并在一起,书名《敬惜字纸》。

《牛山集》基本就是《无梦盦诗稿》,加上了一九八二到八四年的近作,内容更丰富了。从丙辰到甲子,前后九年。

有一首《西江月·题醉钟馗图》是点到了香港的:

> 妩媚偏怜脸晕,风流爱露胸膛,怏怏病酒似娇娘,只是胡须不像。 妹子嫁归香港,孩儿走读西洋,妖魔鬼怪任披猖,老子醉乡放荡。

把钟馗说成似娇娘,已经是妙想,妹嫁香港,儿走西方,就更是奇想出人意料了。

《菩萨蛮·题寒山诗意图》也很妙,首先妙在引述的寒山诗:"柳郎八十二,蓝嫂一十八。夫妻共百年,相怜情狡猾。"其次妙的是这《菩萨蛮》词的本身:

一池春水干卿底?丰干饶舌何如你!该打是寒山,抽他一竹竿。　相怜情狡狯,和尚偏明察。不作打油诗,凡心佛也知。

俗语有三个和尚没水吃,他作了两首消渴偈,题《三个和尚图》也很有趣:

阿弥陀佛,好劳恶逸,渴死活该,消除冲突。
如何是好,渴死拉倒。月子弯弯,照伊烦恼。

据说三个和尚没水吃的故事,起于浙江千岛湖的蜜山岛。岛上有蜜泉,这就是三个和尚没水吃的水,岛上还有僧塔三区。黄苗子的《千岛湖纪游诗》有《蜜山》一首:

山头僧塔真耶幻?齐东野语传村汉。
扯皮推诿闹不休,只因吃惯大锅饭。

由三个和尚而想到大锅饭,虽然扯得远了一点,却也正是点破了症结。如此打油,却是打出了一点古为今用来了。

有一首《卜算子·啼莺》:

春气霎时消,秋肃连天困。自在娇莺尽日啼,啼得千山冈。　　人道不堪言。我说提它甚！野渡无人舟自横，寂寞鱼龙遁。

这是几年前的作品，今天读来，又感亲切。娇莺"啼得千山闷"，一个"闷"字，十分精彩！"野渡无人"，鱼龙也不免要寂寞了。

一九八七年六月二十五日

"生正逢时"吴祖光

十丈红尘,千年青史;
一生襟抱,万里江山。

在戏剧家吴祖光的家里,悬挂着这样一副自撰自书的对联,还悬挂着自书的四个大字横额:"生正逢时。"这正好写出了主人的精神面貌。

"生正逢时",这是有典故的。典故就在吴祖光自己的诗里。十七年前,他有一首《自嘲》诗:

眼高于顶命如纸,生未逢时以至此;
行船偏遇顶头风,不到黄河心不死!

这是他"一九七〇发配沙城五七干校自嘲而作"。但十五年后,他却将"生未逢时"改成了"生正逢时";又两年后的今年,更把这四个字写成横额,挂在墙上。这一个字的改动,正是点铁成金,丰富了诗的兴味,提高了诗的境界。"生未逢时",

平平常常；"生正逢时"，不同凡响。正面或背面，这一个侧面或另一个侧面，任你怎么去想。

作家王蒙非常欣赏这首诗，还分析说："'生正逢时以至此'，诗眼是'正'字。叫作不偏不倚，您真赶上点儿了。祖光告我原写'生不逢时'，后改'不'为'正'；改得好，着此一字，尽得风流；着此一字，尽得皮实之要领；着此一字，便有几分铜豌豆的英风豪气了。"

王蒙说这是一首"皮实的诗"。他援引了北京旧日卖布头的人所唱的顺口溜来解释这"皮实"："经铺又经盖，经洗又经晒，经拉又经拽，经蹬又经踹。"经得起这许多折腾，这就是"皮实"。有了这"皮实"，就不怕"行船偏遇顶头风"，就可以"不到黄河心不死"了。

王蒙这"皮实"其实还是来自吴祖光的"皮实"。那是一九七九年冬天，在一次宴会上两人初次相见。王蒙说吴祖光"可真精神"，吴祖光说："咱们这样人，皮实！"王蒙很欣赏这"皮实"，就请吴祖光写了这两个字在家中补壁。他是相隔几年以后，才看到吴祖光这首自嘲诗的。

皮实的人，皮实的诗，这就是吴祖光！

吴祖光曾经有过这样一首集唐人句的七绝：

　　白云犹似汉时秋，（岑参）
　　欲采蘋花不自由；（柳宗元）

举世尽从愁里老,(杜荀鹤)

谁人肯向死前休?(韩愈)

这是他一九七六年"一月九日夜哀思不已,集唐诗"而成的。早一天,是周恩来去世的日子。也是"文革"快到尽头,夜正深沉,还未过去,不自由,举世愁的日子。虽然如此,但"谁人肯向死前休"呢?这不是又表现了一份顽强的皮实精神吗?不是和"不到黄河心不死"的精神相通吗?

"文革"出诗人,吴祖光是"文革"以后才开始写诗的。正像"大跃进"出诗人,聂绀弩在北大荒奉命人人写诗因而开始大写其诗一样。不过,吴祖光是因为在"五七干校"想念家人才写诗,有些不同。他也和聂绀弩一样,曾经是戴上"右派"帽子而去北大荒的人,那时何尝不想家,何以却并没有想到要以诗自遣,而一直到"文革"才诗思泉涌呢?

他是因"二流堂"问题被打成"右派",送去北大荒的,后来摘帽回家,到了"文革",更成了黑帮分子,整整七天逼他交代"二流堂"的问题。有诗为证:

身世如云幻,蹉跌莫自伤;

无心成右派,不意作黑帮;

久涉风涛险,来亲稻谷香;

挥锨平大地,春色化文章。(《大田平地》)

中年烦恼少年狂,南北东西当故乡;
血雨腥风浑细事,荆天棘地作寻常;
年查岁审都成罪,戏语闲谈尽上纲;
寄意儿孙戒玩笑,一生误我二流堂。(《二流堂》)

两首诗都作于一九七二年。虽然有"一生误我二流堂"之叹,但在田间劳动之余,却又有"挥锹平大地,春色化文章"之乐——乐观主义的精神!

吴祖光是个从头到脚充满着乐观主义精神的人。

在"文革"期间,他有这样一首像是"寄内"的《春光》:

春光浩荡好吟诗,丝遍天涯两地知;
看取团圆终有日,安排重过少年时。

在"文革"以后,他又有这样一首《骑车》,是因为有人好意劝他,"这么大年纪,马路上危险,不要再骑自行车了"。这么大?到底有多大?六十岁。

萧萧霜鬓雪千条,旧梦迷茫不可招;
行遍天涯人未老,犹堪铁马越长桥。

他之所以能那么皮实,显然是和这样的乐观分不开的吧。

他不仅乐观,而且顽强,是被朋友称为"七十顽强一老儿"的。当年的神童,今年已是七十岁的人了。他能戏、能文、能画的夫人新凤霞画了七个大桃子为他祝寿,画得十分好,黄苗子题上了一首《浣溪沙》:

> 七十顽强一老儿,今人罕见古来稀,偏生好斗似公鸡。　文字万言传海岱,蟠桃七个献山妻,江河不废杜陵诗。

他的顽强就表现于"似公鸡"般的健斗。他虽然有——

> 曾经百斗挂白旗,冷暖辛甜只自知;
> 春蚓秋虫无了日,能甘寂寞是男儿。

这样的诗,但这是劝人不要为争名而自苦,而不是挂白旗,呼"免战"。从他的《示儿》诗就可以看到他是斗志不磨的:

> 填海精禽志不磨,流光恨少鲁阳戈;
> 生活道路如征战,休待白头叹逝波。

从他已经出版的《枕下诗》(一九八一年山西人民出版社)

和这以后还没有编成集子的新作,都可以看到他平日敢言的风貌。

如一九七二年的《九月感事》:

九转洪炉百炼金,千军易得将难寻。
翻天覆地真英主,明辨秋毫不识林。

前一年的"九一三",是林彪折戟沉沙之日,"英主"是谁,"林"又何人?也就不必说了。

又如一九七五年的《贺夏公(衍)还家》:

损目折腰事可伤,曾经百战斗魔王;
龄同世纪功如寿,谤溢江河罪满墙。
九载黑牢哀永夜,一月秦城见日光;
冲寒松柏添新翠,赢来欢喜过重阳。

还有一九七六年的《四月纪事》和《十月纪事》两首:

彼苍何事苦吾民!魔手遮天八表昏;
一片杀声喧午夜,天安门下有冤魂。

猎猎警犬闹追查,要逮昨年七九八;

何事惊惶如是怕,却将十忆作冤家。

四月是天安门事件。十月是追查头一年七、八、九月"谣言",但不旋踵却是"四人帮"垮台。

这些诗现在看来也许不觉得怎么样,但要想想,这是写在"文革"还未过去,"四人帮"还是噬人帮的日子,这就很不简单。

提到"文革",作者一九八一年有诗:

鲜血染沟壕,肉体填枪炮;
到处一团糟,是非全颠倒;
打是开玩笑,杀是闲扯臊;
文化大革命,一场瞎胡闹。

一九八二年有《〈昼寝〉有作》二首:

昔有伤春杜丽娘,白天当作黑甜乡;
于今举国皆宗社,大好光阴尽上床。

杜女情多梦里甜,宰予朽木不能镌;
振兴中土贵实践,十亿神州尽昼眠。

一九八三年有《某公惠赠百首诗集致谢》:

最爱严冬傲雪枝,迎风犹自吐芳姿;
平生意气怜孤小,不唱添花锦上诗。

又有《马××先生热心戏剧艺术,新中国成立,万里来归,乃以历史问题受审系狱,终获无罪释放,年近古稀矣,感述平生,无泪可挥》:

衔冤半世竟能还,回首千难若等闲;
九死余生成一笑,人间到处有青山。

一九八四年有《题韩羽为苗子画傅青主听书图》:

记得从前听过书,痴男怨女一塌胡;
霜红异化成青主,不怕精神被染污?

又有《深圳市委楼前孺子牛石雕》:

极左殃民数十秋,盘根错节未即休;
除根须借拔山力,喜有今朝孺子牛。

一九八五年有《感事》:

霸业雄才转瞬消，人生长是夜迢迢；
权盛势焰终尘土，绝艺宏文永不凋！

去年有《观江西赣剧院演出〈邯郸梦记〉》：

冷暖人间古有之，千秋封建费寻思；
尊前一唱邯郸梦，却似当年反右时。

从《邯郸梦》而想到反右，从《牡丹亭》而想到午睡，从孺子牛而想到极左殃民，从傅青主而想到异化和精神污染……都可以算得奇思妙想吧。

诗人的近作是今年《观赵青作品舞会三绝句》，并有附记说："一九五七年春，亡友赵丹偕夫人黄宗英、女公子赵青光临寒舍，以爱女习舞有成，委愚以辅导我国古典文学之任，并拜认为义女。不旋踵而反右派之难作，远役北荒，辜负阿丹重托，成为终古遗恨。"原来有这么一段故事，恐怕是许多人都不知道的。附记又说："岁月流逝，老夫年近古稀矣。女儿赵青亦届半百之龄，而宵来红氍毹上，妙舞蹁跹，不减昔年风采；信是家学秉赋，又兼功力超群故也。尤堪羡者：门墙桃李，广育英才，斗艳争奇，一堂锦绣。其舞蹈取材则古今中外，包涵万有：琵琶行、洛神赋、苏联马刀舞、台湾搭错车，乃至骆驼祥子、虎妞婚梦……艺术境界天宽地阔,正无涯矣。"诗人说:他"观舞之夜,感怀万端。灯下赋二绝句……而诗成竟无处发表……因再赋一绝如三",但终于还是有地方发表了。这里再发表一次:

> 秋月春风尽有情,拾花缀蕊育群英;
> 浔江洛水金蛇舞,长葆芳华此赵青。

> 漫从乱世数风流,昂藏老舍壮千秋;
> 山河劫后琴画杳,却喜阿青扮虎妞。

> 江河后浪推前浪,兄弟谁都不怕谁;
> 生活万般皆是舞,世界真如大舞台。

观舞而想到"兄弟谁都不怕谁",也是奇想。

这些诗有些地方是平仄失调的。另有一些诗也是。这当然不是作者不懂,而是不为,没有多加推敲把它们理顺,不知道是不是诗人性格的一种反映:不拘细节?

读了《枕下诗》和这些"枕"外之作,可以如见其人地看到,我们的诗人是"男儿合有忧时泪,志士能无爱国行;笔写山川灵秀气,诗吟儿女古今情"的风骨铮铮之士。他用这些诗句去称赞别人,我想首先用来称赞他自己才更合适。

我们的诗人是健斗的、顽强的,而始终是乐观的。尽管屡屡要过顶头风,他却不去叹"生不逢时"。

斯人也而生斯世,真是"生正逢时"了。

一九八七年八月

陈迩冬十步话三分

聂绀弩有个笔名：耳耶。耳耶就是三耳，就是聂。

有些相似的是陈迩冬，迩冬就是耳东，耳东就是陈。聂耳耶，陈迩冬。

聂绀弩是有名的杂文家、有名的诗人。他的诗被称为"奇花"，被认为"也许是过去、现在、将来的诗史上独一无二的"，由于自有特色。但他却把陈迩冬说成他作诗的老师，和钟静闻（钟敬文）并列。他说："我有两个值得一提的老师，陈迩冬和钟静闻。迩冬乐于奖掖后进，诗格宽，隐恶扬善，尽说好不说坏……静闻比较严肃或严格，一三五不论不行，孤平孤仄不行，还有忘记了的什么不行……我的多么可爱的两个老师，一个是李广，一个是程不识；一个是郭子仪，一个是李光弼。一宽一严，从他俩我都学得了不少东西。"程不识带兵，刁斗森严，李广却是解鞍纵逸的。陈迩冬并不比聂绀弩年纪大（相反是小了整十岁），也并不比聂绀弩更早知名于文坛或文名更大，在工作关系上，他还有相当长一段时间是聂绀弩的下属（聂在人民文学出版社任副总编辑主管古典文学部门时，陈是分管其中的古典诗词的），但在学作旧体诗词上，聂却的确是后进，比陈为晚，尽管后来居上，诗名更大。

聂绀弩毫不自大，真是谦虚；陈迩冬受到推崇，自有成就。

> 题诗今已满江湖，高适此年句有无。
> 天下文章几人好？桂林山水一峰孤。
> 惯将新酒旧瓶意，画出沧江红日图。
> 自抒虎须嗟弱小，谁云大事不糊涂。

聂绀弩的这一首《迩冬五十》就把陈迩冬推许为天下几人，桂林一峰。陈迩冬是桂林人，聂绀弩把他看成桂林城中的独秀峰。聂绀弩又在《题迩冬诗卷》中用"逢兹百炼千锤句，愧我南腔北调人"来赞他；还在《迩冬七十病胃》中，说"世人望子如神仙，我借佛光作普贤"，把他奉之如师尊。

这首《七十病胃》的起句很有趣："松风水月唐三藏，绿脸红须窦二墩。"聂绀弩自注说："窦二墩者陈迩冬也。"二墩和迩冬一样，都是"陈"字拆字谐音。但实际上陈迩冬虽然颔下有须，却不是红须（当然更不是绿脸），他的胡须加上一根烟斗、一副眼镜，使他像足了俄国作家契诃夫。这是熟识他的人都深有印象的。

更有趣的是聂绀弩的另一七律——《九日戏柬迩冬》：

> 十年已在人前矮，九日思知何处高。

风雨满城曾昨夜,江山如画又今朝。
嵩衡泰华皆〇等,庭户轩窗且Q豪。
湖海元龙楼百尺,恰逢佳节不相招。

这十年,是"文革"以前的十年。从"胡风反革命集团"案到反右,聂绀弩一次比一次在人前矮下来了,类似而矮下来的又何止他一人。平日低人一等或不止一等,到了登高的重阳节,就难免"九日思知何处高"了,可以去登一下,使自己能高一点。这样的诗句看起来有趣,实际上包含着多少辛酸!"风雨满城曾昨夜",就是"人前矮"的昨夜;"江山如画又今朝",总算熬出了今天的好日子。"〇等"就是等于零,不在眼中;"Q豪"就是阿Q的精神胜利,虽说是"阿Q精神",到底是乐观主义。这是一首典型的绀弩体,充分发挥了他独特的艺术特色,也充分表露了他旷达的人生境界。

还是说回陈迩冬吧。他也曾经是"十年已在人前矮"的人,和许多知识分子一样,经历过反右和"文革"的磨难。

陈迩冬虽然早有诗名,但他的诗词却一直还没有出版过单行本的册子。说没有,也不完全确切,四十年代,他是出了《最初的失败》的,不过,那是新体诗的结集,这里说的是旧体诗词。他给自己的诗词加上了一个名字——《十步廊韵语》,只是作为九人《倾盖集》的一部分,印在书中。

为什么叫十步廊?他的一首词中有"李广桥边烟月,十步廊前风露"的句子。他曾经住过北京西城的李广桥,十步廊显然就在那里。聂绀弩把他誉为李广,可能就是因为李广桥的缘故。十步廊又是什么意思呢?他说,是由"十步之内,必有芳草"而来。"文革"当中,他被质问到时,就是这样说的。想不到这也增加了他的罪名:把社会主义的天地说得这么小,把社会主义的前途看得这么短,只有十步,真是反动透顶!

真是可笑之至!

可惜在《十步廊韵语》中,找不到什么有关"文革"的篇章。这首《水仙辞》可能是少有的作品之一:

> 不与山矾同放落,不因山谷著仙才。
> 冰心已化一春雪,玉骨何须七宝垒。
> 江上缟衣方送别,潮头骐马待还来。
> 愁根白发三千在,更枕清泉沐一回。

自注说:"此诗写成,适值周公恩来逝世,焚于遗像前,以代私诔。"诗是句句写水仙,而情是深深赞颂和悼念周恩来,经这一注,就完全可以体会到了。

程千帆在评论《倾盖集》谈到《十步廊韵语》时说:"迩冬这卷诗中,直接涉及时事的较少,但读了'一局走残皆破眼,九州铸错未全消'这两句,知道他不但未能忘怀时事,并且很有远见。"

程千帆又指出:"作者故乡山水甲天下,山川灵秀清峭之气对他的创作不能没有影响,所以他的诗词,明丽奥峭,兼而有之。其诗设想遣词都摆落凡近。'夜气鸩人如中酒,坐看星斗落墙隈''微觉歌尘摇大气,慎将断句染斜阳',极近散原老人句法。其词如'秋正低徊三尺水,我来平视六朝山','一塔刺天摇碧落,千山缩脚让延河'则名隽集豪放兼而有之,无愧其乡先辈王半塘、况蕙风。"

> 晚归行步拟生客,怕践廊沿一片苔。
> 密叶霸窗成大国,壁蛇断尾是奇才。
> 受灯柏树悬银幕,堕地藤丁似鬼媒。
> 夜气鸩人如中酒,坐看星斗落墙隈。
>
> (《晚归》)

> 湖上春风昨到堂,惜无雄快供披当。
> 抗颜桃李作红白,压岸烟波接莽苍。
> 微觉歌尘摇大气,慎将断句染斜阳。
> 壮夫小病能柔语,城市山林似未刚。
>
> (《病起涉园随至湖上》)

这就是"极近散原老人句法"的两首。"密叶霸窗成大国,壁蛇断尾是奇才",可谓奥峭!而《自颐和园后湖登万寿山步重禹韵》却是明丽之作：

> 才从断壁分山处，来倚危栏百尺空。
> 出谷鸟嘤应有谱，刺天螭吻倘能雄。
> 欺花媚柳听宵雨，作冷吹温四月风。
> 斜照欲高波自落，满湖沉碧一楼红。

说到桂林山水对他的影响，不妨看看他写桂林山水的诗。

> 三到南溪濯足来，冥搜想象金莲开。
> 相看不厌同苍色，过雨停云转蛰雷。
> 千笔皴山大斧劈，一间夕室小蓬莱。
> 年年洞口石巢燕，犹啄岩花带蕊回。

这是《三过南溪山》。南溪山在桂林南郊，旧名金莲港，但早已没有莲花了。山半有小岩，刻有"夕室"二字。"千笔皴山大斧劈，一间夕室小蓬莱"，写山、写洞，写得有气势、有境界。

> 延渊劝诱还临桂，欲往从之治气功。
> 山水长怀天下甲，车书已见九州同。
> 且携咕咕偏怜女，来貌亭亭独秀峰。

八角塘边钵园路,借居为我谢林公。

自注说:"小女咕儿习画,屡思归写故乡山水。"用"咕咕"对"亭亭",用"偏怜女"对"独秀峰",情趣盎然于山水之外。

说到"无愧其乡先辈王半塘、况蕙风"的词,这两首是曾经传诵一时的:

故国神京宿草芊,雨花台上血痕丹。百年风雨抱江寒。
秋正低徊三尺水,我来平视六朝山。卤烟雄篆写晴天。
（《浣溪沙·登台城作》）

周道齐平似砥磨,临街窑洞半依坡。辚辚车马画中过。
一塔刺天摇碧落,千山缩脚让延河。婴心胜境不须多。
（《浣溪沙·延市夜京》）

一塔刺天,千山缩脚,写出了延安的气象,使人感到不仅"胜境不须多",文字也不须多,两句十四字就已经抵得上千百句了。而秋正低回,我来平视的句子,真是俊逸之至！何况此水又是秦淮水,此山又是六朝山！

说到六朝山,就不能不想起,最早在南京建都的三国东吴的孙权。孙权从孙策手中接过了东吴的江山后,先在吴（苏州）,后在京口（镇江）,更后在秣陵（南京）建都,南京有名的石头城就是孙权修建的，还把秣陵改名为建业。中间虽然一度迁都武昌，最后还是又迁回建业。孙权的孙子孙皓也一度再迁都武昌，但后来还是又回到建业，直到"金陵王气黯然收"被灭为止。当然不愿意迁都武昌的官僚还制造了"宁饮建业水，不食武昌鱼"的谣谚。这一段掌故，陈迩冬在他的《闲话三分》中曾细说端详，由左思的《三都赋》写起，联系到当时的战争形势。说明了东吴何以一再迁都，又何以由长江下游的南京迁到过长江中游的鄂城（武昌），迁都时的祥瑞——黄龙、凤凰现，黄龙很可能是扬子鳄，凤凰很可能是长尾鸡。

《闲话三分》是陈迩冬以三国时代的话题所写的一本文史的书。书名不用《闲话三国志》或《闲话三国演义》，就是因为它所谈的不仅有文（章回小说《三国演义》），而且有史（《三国志》），是把文史融会贯通来写的。用史实做依据，对《三国演义》做艺术的分析，深入浅出，趣味盎然，却又不是脱离史实的信口开河。这对于欣赏《三国演义》的读者，特别是把《三国演义》当作历史教科书的读者，在明辨是非上是很有帮助的。

陈迩冬在这上面有很多根据历史事实而来的创见。如指出怒鞭督邮的不是张飞，其实是刘备。如指出董卓虽有九十九分的恶，也有一善，一上台就替陈蕃、窦武平了反，又起用了蔡邕等一批清流。如指出周瑜其实是很有雅量、很能谦让的，一点也不是气量狭小、疑心大、手段辣的人，而且刘备还在孙权面前赞过周瑜"器量广大"。如指出赤壁之战，火攻本来是黄盖的计谋，借箭是孙权的急智，而且是赤壁战后的事，至于蒋干也是既有仪容，也有辩才的，一点也不"饭桶"。如指出大乔、小乔其实姓桥，曹操并没有打过二乔的坏主意，他建铜雀台是赤壁之战以后的事，不但罗贯中的《三国演义》是虚构，连杜牧的诗，"东风不与周郎便，铜雀春深锁二乔"的诗也是靠不住的，只是成了有诗为证的伪证。如指出所谓魏延谋反，其实是一场冤、假、错案，真正想背叛和悔不早叛的，是以谋反罪名加于魏延，足踏魏头，叫他永世不得翻身，而又灭魏三族的杨仪。

诸如此类精辟的分析很多。端木蕻良说："迩冬治学，旁搜冥求，常能在灯火阑珊处，蓦地发现出不寻常。"

他在《孙权与台湾》这一篇中，指出了孙权曾派兵到东海的夷洲，而夷洲就是今天的台湾。根据《后汉书·东夷传》，秦始皇时代就曾有人到过夷洲，又回到大陆，从此夷洲就内附了。而根据《三国志·孙权传》，孙权在黄龙二年（公元二三〇年）"遣将军卫温、诸葛直将甲士万人，浮海求夷洲及亶洲"（亶洲可能是琉球或日本附近岛屿）。又据《三国志集解》录沈莹《临海水土志》："夷洲……土地无霜雪，草木不死，四面是山……土地肥沃，既生五谷，又多鱼肉……地有铜铁，唯用鹿角为矛以战斗，磨砺青石作弓矢……"此外，东吴还"以兵三万讨珠崖儋耳"，远征及于海南岛，可见他们的水军是很强的。陈迩冬有诗："东吴诸葛直，渡海入夷洲，今即台湾岛，世称美丽尤……"

在这本《闲话三分》的写作期间，已过七十高龄的陈迩冬几度病入医院。有考据，要分析的文章本来就不大好写，这就更可以想见书成之不易了。

抢救几番偷活久。似恋人间，犹爱黄花瘦。待得秋来篱落后，倘能会饮重阳酒？　锦瑟年华都已负。寂寞还堪，再话三分否？老去谈词挥左纛，密窗新比高坡旧。

这是陈迩冬的新作《鹊踏枝》，是在今年七月下旬的高温闷热中住医院时写成的。"再话三分否"，显然还有话可说，可以继续写下去的。至于"老去谈词挥左纛"，是他的《宋词纵谈》今年已经出版。有人说，他的词胜于诗；他自己说，这本《宋词纵谈》是他得意之作。那就再看看他的"老去填词"的新作《惜往日》吧：

百尺楼高人缱绻。老去填词，半是空中怨。远志还山成小弁，小人怀土依谁恋？　无意伤春伤别也。太上忘情，只是寻常见！盛鬋丰容新觌面，蓦然回首绯颜现。

一九八七年八月

碧空楼上探舒芜

楼自名天问,庵仍比活埋。
青灯恋红学,热泪恼寒灰。
擢发罪难数,行吟老益才。
先王祠庙在,呵壁未须哀。

——程千帆

天问楼何在?青灯白日昏。
哪年辞地穴?由此叩重阍?
博物开新馆,安心作古猿。
晚来茶一盏,且梦大观园。

——荒芜

天问楼中莫问天,年来地下作人猿。
而今周口无遗址,猿比先生更可怜。

——荒芜

豆谷胡同四尺余，打头容膝好安居，青灯有味画摊书。

玄圃少留终偃蹇，崦嵫勿迫但回纤，阴符无效莫长吁。

——黄苗子

　　这三诗一词全是《题天问楼图》的。天问楼在北京豆谷胡同，是人民文学出版社宿舍的一间地下室，"并无窗户，不见天日"，白天也要点灯照明是它的一大特色，"陋巷寻三曲，晴窗点一灯"（吴白匋句），这是溢美之词，因为根本就没有窗子。名为天问楼，一样是溢美，由于它只是香港人口中的"地牢"，不算什么楼，只是高楼的最底层而已，因此程千帆认为，大可袭用古人的旧名，叫它活埋庵。

　　"活埋"在其中的天问楼主显然并不同意生活在那里有如活埋，甚至连说它"青灯白日昏"也不同意，他倒是欣赏"青灯有味"，自认为可以"安居"，因此一住就住了九年。最后终于"辞地穴""叩重阍"，乔迁于一幢新楼的三层楼上，而且由一间扩大为一层，楼主不能再如旧问天，于是改名为碧空楼，结束了天问楼的这一段历史；只是留下了《天问楼诗》在九人合集的《倾盖集》中。总以为天问楼中不见天，到了碧空楼，可以见天了，因以为名。但楼主却说，初搬去时，没有家具，四围绿色的墙壁显得空空荡荡，是这个样子的碧和空。不是夫子自道，旁人就实在难明此妙了。

　　回顾天问楼，是自有其历史性的。主人初住进的那一年正是一九七六年,他说:"自从我住进来,就遇到一系列的大事件:周恩来总理逝世,天安门事件,唐山大地震,终于也就在这里第一次听到粉碎'四人帮'的消息。当时我凑了一首打油诗书怀,其中一联云:'往事问天都冥漠,余年许国尚从容。'为几个朋友所赞许。这就是楼名的来源。"

这首《秋晓书怀》是一首毫不打油的七律:

伏枕依微听晓钟,涉江残梦采芙蓉;
十年吕览噤千口,一夕虞廷殛四凶;
往事问天都冥漠,余年许国尚从容;
日边回首长安近,云淡秋清醉晚红。

这是咏"四人帮"的被粉碎,写得很有感情而又很从容。这一年丙辰,在写这诗的前后,作者另有受到朋友们赞许的两题。这以前,他写了《丙辰清明敬悼周恩来总理》五律四首:

身以苍生重,名同赤纛垂;
骨灰归社稷,心迹系安危;
国论谁能夺,宏谟讵可赓;
清明风雨夜,万众誓丰碑。

丰碑奠基日,华国建元年;

人物云龙会，经纶铁石肩；
八方敷化泽，一德奉高天；
英魄重相聚，丹忱共皎然。

丹忱到白首，壮节溯青春；
北伐风华茂，长征辅赞亲；
折冲豺虎窟，叱咤魍牛神；
五十年来路，临危不爱身。

百身如可赎，九死我奚辞；
遗业艰难甚，英灵想见之；
燕山云漠漠，魏阙柳丝丝；
奠罢天冲晓，春阳翠柏枝。

程千帆表示他"特别爱好"这四首诗，说它"典重深挚，使人读后容易想到陈后山所作的司马温公挽诗，倍增对这位'鞠躬尽瘁，死而后已'的好总理的怀念"。真是"典重深挚"！我想，也还是可以说写得很有感情而又很为从容的吧。

《秋晓书怀》以后，作者的另一题是，"绀弩翁归自汾河，相见惘然。夜读吴汉槎诗，有'一去塞垣空别泪，重来京洛是衰颜'之句。借取半联，衍为一律以赠"：

已成永诀竟生还，十载浑如梦寐间；
久历波涛无杂感，重来京洛是衰颜；
金红三水书何在，雪月风花句早删；
陌路萧郎莫回首，侯门更隔万重山。

诗注说："翁旧题所居曰金红三水之斋，谓金瓶梅、红楼梦、三国演义、水浒传也。"又说："翁旧有印曰'垂老萧郎'，志一九五七年之事也。"一九五七年的事就是使聂绀弩戴上"右派"帽子，发配到北大荒去。

这诗写得很沉痛。聂绀弩答诗有"廿年暮色苍茫里，转忆班房铁板扉"之句。诗题是《管兄以诗见赠，赋答》。管兄者，"方管字重禹"，人们更熟悉的是他的笔名：舒芜。这就是我们的天问楼主人了。

"方管字重禹"，但他原名珪德。这使人想起去世多年的新诗人方玮德来，他们是兄弟辈；又使人想起女诗人方令孺来，是他们的姑母。方令孺也是写新诗知名于世的。舒芜是安徽桐城人，桐城方家是文学世家。舒芜的父亲方孝岳是著名的学者，陈迩冬追诔他的诗有句："文学批评史，先生早启予。服膺卅载久，胜读十年余。……"但舒芜的写旧体诗，却是出于自学，并非家传。这位二十岁就写出《论主观》那样名动一时的论文的少年，在这以前就开始写他的旧体诗了。可惜这些写于抗日战争中的早年的诗篇，在"文革"当中大都已经失去，除了《天问楼诗》中最早的不到十多首外,都已经找不回来。比较完整的是一九四六年秋天到一九四七年底写作的《暮雨庵杂稿》五卷,其中只有四首选入了《天问楼诗》中。《天问楼诗》收的大多是二十世纪六七十年代的作品,主要又是七十年代的近作。五六十年代的一些诗篇,在作者的散文和旧体诗并收的《空白》一书中可以看到。

《空白》中有《泥涂之什》,是舒芜被打成"右派"后的诗篇;有《咸宁之什》,是在干校劳动时的作品。也有《天问之什》,是"四人帮"被粉碎后所作,其中有哭女、哭妻、哭友——冯雪峰的篇章。

冯雪峰当过人民文学出版社的社长,工作上是舒芜的领导,但交情却又是在师友之间的。

风流云散后凋松,昨岁新正哭雪峰。
残稿未成天国史,遗骸谁覆党旗红。
平生交谊师兼友,一夕诙谐始亦终。
闻道百花重烂缦,灵山绝唱奠英雄。

冯雪峰身后虽然得到了平反,但死时却没能享受党旗覆棺的待遇;人民文学出版社为他举行追悼仪式时,只能有哀乐,不能读祭文。

不过,更使人感到"悲惨世界"的是舒芜妻女之死的种种。

泪河浮梦绿沄沄,梦里楼台日易曛。
永夜有人闻独鹤,十年无地筑孤坟。
身家荣瘁枝头露,邦国经纶坝上军。
忽忆生辰接春节,薄情长悔逐风云。

诗注说:"亡妻陈沅芷十年前(一九六六)惨死于北京市第二十五中学红卫兵之手,而被诬为'现行反革命分子顽抗自杀',家属不得领骨灰。"

朱门柳影转青春,九陌轻寒尚袭人。
泮冻微波迷净垢,弥天芳意泯冤亲。
下车闲看众逐虎,弹铗宁期食有鳞。
至竟世缘艰一割,残冬哭女泪痕新。

诗注说:"亡女小林以脑瘤手术后下肢瘫痪,医疗少效,春节前悲观自杀。"这倒真的是自杀了,但是不是也有着打上某种时代烙印的他杀成分呢?如斯时也,斯人也,理所当然的得不到充分的医疗。

这《丁巳春感五首次严霜韵》的其他两首也是写得很为感慨而又颇有警句的。

英雄儿女一丝牵,傀儡逢场乐少年。

钿合钗分皆偶尔,刘兴项蹶两茫然。
春台攘攘吾从众,华发离离自上颠。
弄穷满箱收净丑,何须辛苦上凌烟。

辛苦侯门看曳裾,自营豆架佐清蔬。
暮年宁效墩争谢,春梦微闻婆笑苏。
失计丁年虚画虎,逢时几辈倒骑驴。
冰山未抵蓬山远,覆辙前头是凤舆。

钿合钗分,刘兴项蹶;墩争谢,婆笑苏,都是使人叹赏的句子。
程千帆赞舒芜,"五古、七律更是所长"。五古有《夜读》《雨中晓望》等,都是一九七三、七四年在咸宁干校时所作。这是《夜读》:

出户听秋风,细雨湿衣袂;暗暗几窗灯,寂寂闲户闭。
寥天骋孤想,远籁发幽契;青岁一蹉跎,朱芳正凋瘁。
百年半逝水,沿溯渺无际;云梦渐桑田,栖心欣有地。
结庐亲版筑,学稼师耕耒;用舍在明时,经营成过计。
残书足遮眼,结习未捐弃;汉史与唐诗,姓氏淆难记。
江湖望京洛,关山莽迢递;感此会古人,依稀通梦寐。
更阑雨转急,望久寒侵背;合户小徘徊,遥村饥犬吠。

但他的一些绝句却是情致动人的。如在咸宁写的《晚凉杂咏》：

楚天夜夜看双星，不是青春怅望情；
万一津桥通旧梦，梦中惯听杜鹃声。

历纸明朝又立秋，年华无语水东流；
珠帘残夜蛾眉月，待到团圞是白头。

舒芜是以写文艺论文和杂文知名的，他的这些小诗却深情款款，显示出另一种境界。

我们也可以看到他的杂文式的诗，如《题不倒翁图》：

喷沫斥右倾，弹泪诉浩刦；
左右皆不倒，此是辩证法。

他最有名的杂文诗莫过于"四人帮"粉碎后传诵一时的《四皓新咏》了。这是北京大学里的四皓——冯友兰、魏建功、周一良和林庚，他们在"四人帮"当权之际虽有过一段得意的日子，也有过引起人们不满的一些行迹。

贞元三策献当年，又见西宫侍讲筵。

雌雉山梁尊彩凤，栖栖南子是心传。

诗人盲目尔盲心，白首终惭鲁迅笺。
一卷离骚进天后，翻成一曲雨霖铃。

射影含沙骂孔丘，谤书莞钥护奸谋。
先生熟读隋唐史，本纪何曾记武周。

润色奇峰伺黛螺，北京重唱老情歌。
义山已被挦扯苦，拉入申韩更奈何。

把江青捧为凤凰的，是冯友兰；为江青讲《离骚》的，是魏建功；批孔而影射批周（恩来）的，是周一良；替江青修改"江上有奇峰……偶尔露峥嵘"一诗，又为江青讲李商隐是法家的，是林庚。这些都是当时的传说，有些后来证实是讹传，如林庚改诗据说就并无其事。

新四皓只不过是"四人帮"时期的文学侍从之臣，他们既是被利用者，在一种意义上也是受害者，时移事易，人们也就不再斤斤计较于他们的过去，而寄望于他们的现在和未来。四人中魏建功已去世，冯友兰在续写他的中国哲学史，周一良、林庚也在教他们的书，他们受到的并不是歧视。传诵一时的《四皓新咏》作为诗坛的一段掌故，当然会继续流传。这就是历史！

而在舒芜的历史上，存在过一段和"胡风集团"的"公案"，在胡风他们被打为"反革命集团"时，他是被认为"反戈一击有功"的。其实那被认为要害的一击并不是他的主动出击。他手中的一些胡风的信件被公布出来，成了确有"反革命集团"的一项"有力的证据"。信件是由他手上拿出来的，是"最高一人"风闻有这些信件而"借"去的，亲加"御批"，就成罪证。在舒芜来说，他当时有什么可能抗拒这"借刀杀人"之计呢？现在看来，这些东西其实也并不能构成什么证据，就是没有这些，欲加之罪，又何患无辞？这些信件不过是被"信手拈来，都成妙谛"而已。在患难中的胡风有一好友，是聂绀弩，而聂绀弩又一直是舒芜的好朋友，由这一点也可以看出，这第三者并没有被这些信件遮住了眼睛。

聂绀弩是舒芜在人民文学出版社工作时的直接领导，他有《赠〈谁解其中味〉一文作者重禺》一律："红学几家红，楼天一问中。颦晴追妙可，猿鹤悯沙虫。肉眼无情眼，舒公即宝公。女清男子浊，此意更谁通。"又有"男儿六十一枝花，说立书成两鬓华"之句，贺《重禺六十》寿辰。

"红学几家红"？著有《说梦录》的舒芜也是一家。程千帆的"青灯恋红学"，荒芜的"且梦大观园"，也都是说舒芜在这上面做的学问。

舒芜自己却说，他的红学大致是到此为止，不再"恋"了，目前他所致力的，是还没有成为一学的"周学"——对周作人的研究。他已经写出了《周作人概观》，主张在政治上不能为周作人平反，但在文学的成就上却应该对周作人加以肯定，而且要肯定得够，肯定周作人在新文学运动上的功绩，肯定他在散文创作上的业绩……舒芜在研究中发现，周氏兄弟尽管后来道路各异，但在一些问题的观察和剖析上颇有极其相似的地方。谈到为人，鲁迅对周作人总是实事求是而宽厚，周作人却显得狭隘尖刻，不时对鲁迅放冷箭。舒芜的研究是细致的。他表示，自己这一生剩下来的时光，大约都要用在"周学"上了，其实他今年才不过六十五岁，来日方长，能做的事正多呢。

一九八七年十月

黄苗子"青蝇拍后"

据说广东一家新的出版公司,要出一套打油诗的丛书(用时代的语言,应称之为打油系列)。而其中的一本或第一本,将是黄苗子的《牛油集》。

打油而成诗,向来是被诗家瞧不起的。"江山一笼统,井上黑窟窿。黄狗身上白,白狗身上肿。"传说是唐朝人张打油的咏雪诗。打油之名因此而来,其实和油并不相干,只是和雪有关。这首诗尽管为千古所笑,成了作诗的反面教材,滑稽标本,但我却还是欣赏它的"黄狗身上白,白狗身上肿",这很形象化,具体而生动,比眼前许多仕而"休"则诗的达官贵人,甚至现役的学者作家的诗篇,要来得通顺而高明。黄狗白狗,能够写出活灵活现的景物,就是好狗——好诗!一点不比黑猫白猫为差,也一点不比当今的某些诗家更不像样子。他们的作品只能说是比打油更打油,或者说比打狗更打狗,打油诗由于它的根是黄狗白狗,又被称为打狗诗。

写诗的人不愿人家说他的作品是打油,却又往往爱自称打油,这是自谦。但《牛油集》的作者例外,他是提倡"思到无邪合打油"的,舒芜指出,黄苗子这句诗中的"无邪",就是

真诚,以真实的感情写诗,不要以为打油就是不严肃地开开玩笑。这是《访胡希老广州》中的起句:

> 思到无邪合打油,二流无奈逊三流。
> 白云珠海虞翻宅,化日光天统战楼。
> 暂却深杯威士忌,自成正传阿Q羞。
> 年年南访年年健,更有区区善解忧。

希老就是胡希明。二流是黄苗子夫子自道,他因被认为是当年重庆"二流堂"的二流子,在反右和"文革"中都大祸上身。诗注还说:"希老笔名三流。近住省统战部新楼。区区,为希老娇女。希老方拟为自传,故诗中戏及之。"三流在香港办过《周末报》,五十年代去广州后,担任过多年广东文史馆馆长。

黄苗子说,朱光潜谈诗,有"谐"和"隐"之论。隐是含蓄美,谐一般指幽默感。朱光潜认为,谐是"以游戏态度,把人事和物态的丑拙鄙陋和乖讹当作一件有趣的意象去欣赏"。黄苗子指出,就是最严肃的诗人,也都写过谐诗,杜甫、李白都不例外。鲁迅也写了幽默而辛辣的诗,"躲进小楼成一统,管他冬夏与春秋"之类不就是吗?他这样用杂文的精神写,替聂绀弩开了一条路。发扬光大,成为"绀弩体"了。

但据舒芜说,聂绀弩最不愿意人家把他的诗看成是打油诗,因此有"感恩赠答给千首,语涩心艰辨者希"的慨叹;而在和黄苗子的诗中,又有"偶因尊句一诙谐"的表白,表示只是偶一为之,而事实上,在《散宜生诗》又岂止一诙谐而已,要寻找,真是俯拾即是。不过,黄苗子又指出,那不是一般意义的诙谐和滑稽,而是"兴群观怨"中的"怨",是在不停的政治运动和纠缠不清的文网下,在"荒唐、颠倒、凌辱与践踏、冷酷与不人道的压力下",所作出来的"以诗鸣"。由于时代经历不同,聂绀弩的这些诗,就比鲁迅的显得更深沉、更鞭辟入微。

这虽然是黄苗子赞聂绀弩,我们却不妨当成他自述心怀。这里不说是夫子自道,因为黄苗子总是衷心地赞美聂绀弩的诗不可及,他要说的不过是自己作打油诗时的心境而已。

尽管如此,黄苗子的许多"谐"而"怨"的诗篇,却是经常赢得朋友们的赞叹的。

就看看他一九八八年中的新作吧。这是《看戏二首》:

昏庸老朽官一品,白日青天打二更;
莫问千年封建史,正经荒诞总难明。

世事纷纷尽倒颠,西门不罪罪金莲;
三姑六婶多长舌,笑骂他人不自怜。

这写得比较正面,不够谐,也不够隐,但有愤。而《步友人〈山深〉诗三首》就不同了:

山深庙古僧茶涩,月暗衾残鬼手凉;
一卷聊斋他你我,阴司阳世任登场。

山深庙古僧茶涩,日暮薪残君句才;
风月不谈了无事,闲看蜡炬几时灰。

山深庙古僧茶涩,水涨船高阮袋空;
欲作倒爷爷已老,纸堆安稳作书虫。

"山深庙古僧茶涩"可能是一个成句,重复用它,成诗三首,由阴司阳世,到闲看成灰,却又忽然引出一个"欲作倒爷爷已老"来,真是奇谐之句!

但是读来使人感到沉痛的还是一首《旧梦》:

旧梦依稀四十年,门前黄桷斗秋妍,
小轩藤榻还依故,楚雨湘云去渺然。
可以载舟穷百姓,如狂倾国老三篇,
风骚文采谁评说,向晚龙桥听杜鹃。

"可以载舟穷百姓,如狂倾国老三篇",使人想起"水可载舟,亦可覆舟"的老话,也使人从"老三篇"一直想到不成篇而只剩断句的"语录"来。不能不赞此奇句,慨此往事。

从旧梦四十年看来,这是回忆抗日战争时期在重庆的日子,黄桷树是四川到处都生长的树木。龙桥如果是化龙桥,写的就应该是红岩村的景物了。"风骚文采谁评说",此中有人,呼之欲出,也就不必说谁。

去年秋天,黄苗子曾和一大群政协委员,沿长江,溯三峡而到重庆。他们被邀请去实地考察一番,对千百年特大计的三峡工程提出意见。他们当中许多人已经提过意见,认为以目前的形势,这样的工程不宜轻率而行。他们去了以后,许多人还是坚持原意:不宜快上!尽管主管方面坚持的依然是:要上,要快上!

黄苗子这一首《入峡》诗因此也就容易理解了:

> 入峡心情似乱丝,横江鼓角漫天吹,
> 柁当风口防颠急,船到江心补漏迟。

可以想象,漫天吹的是一片快上之声,而诗人却为之心乱,怕的是"颠急",是"补漏迟",还怕巫山上的神女落得个不妙的下场。这是《葛洲坝》七律:

> 能升能降水推船,万众欣欣解倒悬,
> 起闸舟如天上坐,落差潮在掌中牵。
> 思甜忆苦纤夫泪,水涨船高拍手喧,

笑说巫山他日事，扑通神女水中淹。

葛洲坝是可颂的，因此是一片赞颂之声，没想到"笑说"一转，却出现了"扑通神女水中淹"的句子，这就不能不使人别有一番滋味在心头。这就又不能不使人怀疑，另一首七绝《神女峰》，"一自骚人题句后，至今神女泪如水"的泪，是不是还要增添新泪，为未来扑通一声水中淹而下泪？

黄苗子近作中的力作，恐怕是一首《口袋歌》。这是他读了去年第十三期《新观察》上的一篇杂文《论"背靠背"》有感而作。所谓"背靠背"，就是指匿名信，在人家的背后，掀起"怀疑一切"的疑云，在上者"内查外调"，查不清也"存疑待查"，被查者于是被"挂"了起来，"控"制使用，长期不得翻身，又长期被蒙在鼓里。这是"面对面"斗争以外的另一种整人的手法。诗人读他人的杂文有感，就以自己的杂文入诗，写成了一首五言的古体：

> 在昔有和尚，布袋身上背。如今人管人，
> 全靠纸口袋；甲有反革嫌，乙传沾血债，
> 丙是伪保长，丁曾里通外，戊也国特疑，
> 己则机密卖，他搞婚外情，他恋三角爱。
> 匿名递书信，咬耳肆陷害，也有悄悄话，
> 张冠而李戴，也有诬告件，偷送支委会。

不分青红皂,都入乾坤袋。密件圈两圈,
铁箱严锁盖!其实人保干,早已先睹快。
外间小道传,本人蒙鼓内,呜呼蒙鼓内,
却得大自在,以为空对空,乐得背靠背。
谁知祸所伏,纸袋终作怪!地富反坏右,
依照案底载。曰监督使用,曰漏划右派。
一抓一个灵,越狠越无碍,如果不足数,
可以拉郎配。口袋逐一翻,件件是宝贝。
这条能上纲,那条可定罪;本人善狡辩,
可以甭核对。但凭莫须有,便入另册队。
哀哉包袱重,白眼遭侪辈。岂但灾及身,
而且祸三代。近日改革风,新潮正澎湃,
提倡透明度,万事忌暧昧。正好趁时机,
来个大清汰,去尽黑材料,留得公道在,
公之于本人,公平定好坏,是非既分明,
口服心亦快:从此心连心,永不背靠背。

这首诗并不谐,也不隐,而是痛快淋漓地直书其事,也就因此使人读来痛快淋漓。你可以说它是打油,也可以不是;也可以说它是打狗,因为打油也就是打狗,"黄狗身上白,白狗身上肿"也。

在诗人前年的诗篇中,有的却是打狐,那是《玄狐二首》:

玄狐变异化为妖，镇日喃喃念教条；
一片罡风伤人道，冰凉板凳思如潮。

当筵村姥骂瘟神，无计乞灵史太君；
冷落斜曛愁唱票，清明时节泪纷纷。

清明和重阳一样，都是风风雨雨的，到底是清明时节还是重阳时节，也就不必管它了，也就不必管谁是玄狐了。

不管狐而看猫，是另有趣味的。这是《题猫雀花石图》：

梅边石畔半身藏，花竹幽幽布战场；
雀自天其瞒自猾，老夫袖手看文章。

有引蛇出洞，也有以花竹诱雀，老夫置身事外，固然可以细细欣赏这一猫雀花石图，一旦老夫变了雀，那恐怕也就难于脱身，更不用说袖手了。你们这些"臭老九"！

"臭老九"不仅能幽默他人，也能幽默自己。黄苗子在患了痛风，行不得也时，有和友人问病之作：

桃李无言后，偏生一再风。
加餐鸡剩卵，伴粥肉唯松。
学道水中月，谈文客里空。

尚遥山八宝,也近五棵松。

他怕人家不知道这里的桃李无言并不是平常的"下自成蹊"那一句,特别注明,黄山谷有句,"桃李无言一再风,黄鹤唯见绿匆匆"。鸡剩卵对肉唯松,精彩!水中月对客里空,更妙!北京的八宝山有公墓,在人们口中八宝山已成了墓地的代名词,由城中前往,到了一个名叫五棵松的地方,就离八宝山不远了,因此"到五棵松了"也就成了老年人开玩笑的话,意思也就是西方所谓的"天国近了"。

但黄苗子也不是一味幽默自己,还是禁不住要杂文一下,针砭时弊的。在另外的痛风入院五首绝句中,第一首就是:

武斗文攻认旧踪,至今不少可怜虫,
翻云覆雨风堪痛,九派栖惶是痛风。

黄苗子患痛风,幽默自己;朋友患美尼耳氏病,时觉天旋地转,他也有《偶感》幽默:

天语煌煌似寐词,五都新贵赛奔驰。
青蝇拍后於菟笑,骏骨沽来活马医。
雨点雷声听大小,天旋地转看东西。
巫山新谈荒唐梦,万斛黄金掷水湄。

有道是"拍苍蝇,打老虎",只拍苍蝇,不打老虎,老虎自然要笑了。这就是"雨点雷声听小大"的雷声大,雨点小。这就不是幽默患病的人,而是针砭患病的国家了。

诸如此类,细翻《牛油集》就可以饱餐。黄苗子近年虽在《敬惜字纸》这本雅文和诗歌的合集中,刊出了他的《牛山集》,但那只限于一九七六到一九八三年所作,而《牛油集》却增加了一九八四到一九八八年的新作。新作之中,打油更多,也更写得熟练精彩,炉火纯青。他有自题《牛油集》一首:

> 岁晏灵修孰华之,自披残稿自编诗;
> 秦皇帝在重宜火,红卫兵来且待答!
> 狗肿黄身天笼统,蛙翻白出句离奇,
> 道同我爱王梵志,着袜何妨世俗嗤。

"狗肿黄身"一句,出于张打油的传世绝唱(仅此一首五绝)。"蛙翻白出"是明朝人讥笑学杜诗而不通的人,写出了"蛙翻白出阔,蚓死紫之长"的怪句。王梵志是唐朝的诗人,也打油,有好诗,如"梵志翻着袜,世人皆道错;乍可刺你眼,不可掩我脚"就是,但比起"秦皇帝在重宜火,红卫兵来且待答"的句子,对我们这些今天的读者来说,就缺少一份时代的亲切感了。

前面说到黄苗子近年打油更多,也就是说,他的诗不全打油,也另有很见功力的诗篇。四十年代在重庆时,他就写过这样的李义山体：

> 无限伤心孔雀诗，不堪惆怅冶春时。
> 有情皓月终难掇，飘梦芳年剧可思。
> 枳棘栖鸾沉鬼火，高丘无女照神旗。
> 星辰似此期将旦，忍向寒灯记寐词。

据说周恩来当时看到，十分欣赏。这恐怕是许多人想不到的吧。

至于"孔雀诗"，是黄苗子那时写的十几首绝句，其中一首是寄给当时还没有成为他的妻子的郁风的：

> 乳香百合荐华蔓，慈净温庄圣女颜。
> 谁遣梦中犹见汝，不堪重忆九龙山。

当年他自己为什么要对这样的诗"无限伤心"，不可解，也不必去求解。今天郁风面对这首诗却说："现在看了肉麻极了！"可见当年是并不肉麻的。因此，至少在这一首诗上面，黄苗子当年就不会伤心，而是无限欢心吧。

一九八九年一月

玉尹老人狱中诗
——郑超麟《玉尹残集》

> 门掩黄昏，无计留春住！

去年《人民日报》的国际副刊上，用了这样一个富有诗意的宋人词句做文章的题目。这是一篇写墨西哥的托洛茨基博物馆的通讯。那地方原是托洛茨基被斯大林放逐出苏联后，远走天涯以避凶锋的故居，但就是在这样距离莫斯科很遥远的地方，也无法躲开追杀的黑手，他终于死在第二次暗杀的斧头之下。苏联的报纸近年也指出，这是斯大林投下的阴影。

在莫斯科也有人发出要为托洛茨基平反的呼声后，北京的这个诗意的标题是启人遐思的：托洛茨基既然有如春天，他在中国大陆上也将快要获得平反了吧，尽管天安门前"十一"庆典时，斯大林的巨像还是面对面地盯着毛泽东的巨像而竖立，并没有被废止。

随着的，应该还有为托派恢复名誉。

这几年，中国托派的领袖陈独秀已经不尽是得到坏评，也有较为实事求是的评价了。他的坟墓也得到修葺,也不断有人敢去凭吊,写了文章。

事实上,十年前的一九七九。中国官方就已经释放了狱中最后十一名托派分子。为首的是郑超麟。

前些时候,有文章发表在《明报月刊》的郑超麟就是他。他是仅次于陈独秀的中国托派领袖,也是中共的第一代党员,主编过中央党刊《布尔塞维克》,做过瞿秋白的秘书。三入牢狱,共坐过三十四年牢。现在上海挂有市政协委员的名衔,已是八十八岁的老人。有人说他是世纪同龄人,他自己说一九〇一年出生于福建漳平。

他一九二四年参加中共,一九二九年因参加中国托派而被中共开除。他在一九七九年六月获释前依然表示坚信马、恩、列、托——托洛茨基。至今也还没有表示过放弃。

他还是个托派,思想上的托派。他无意也不可能采取什么行动。他表示,思想是无罪的。

他的文章不时在海外的刊物上发表。在内地,似乎还没有他的用文之地。

不过,他的一本诗词集——《玉尹残集》今年将在湖南出版。作序的是楼适夷。在一九八五年自称"玉尹老人"的他,在这本《残集》抄本的扉页上,曾题上了"献给老友楼国华同志,庆贺他的八十大寿"这样几行字。楼国华就是楼适夷,二十年代曾经听过郑超麟的课,但两人年龄只不过相差四岁,交情可说在师友之间。

为什么叫《残集》呢？郑超麟是一九五九年在狱中开始作诗以自娱的。三年多写下了大约三百首诗词,编为《玉尹集》六卷。一九六二到六八年又写了百多首,正想重编《玉尹集》为八卷,谁知所有诗词和百多万字别的文稿都被抄走了,后来更被军代表下令烧掉。一九七二年他由监禁生活改为严密管制后,就去回忆这些诗词,十多年来只回忆出五分之一,八十多首,这就命名为《玉尹残集》。其中只有几首是完全恢复自由后的作品。

集中最早写到成为囚徒的是一阕《摸鱼儿》：

纵多回人间换世,江南依旧佳丽。少时羡慕苏杭好,说与天堂相似。曾系寄,带铁索银铐,共步苏杭市。运河景美,记炮艇护航,囚徒押解,船过大湖外。　　松陵路,亲见长桥横水,波光山影明翠。追思张翰秋风兴,顿忆莼羹滋味。生此地,惜时值中春,未见琼丝缀。相思梦里,愿一舸秋游,豉盐拌菜,数箸且尝试。

这里说到他在两个天堂苏州、杭州都坐过牢。回忆中还不忘那些美景,还想"一舸秋游"。另一阕《小重山令》也是对苏州和苏州之囚的回忆：

历历从头数昔游,三生花草梦,在苏州。当年曾此作羁囚。明眸远,皓齿去悠悠。　　重至鬓霜稠,从群游旧苑,上高丘。就中最忆一盟鸥,亭亭立,塔影共沉浮。

这回忆只是一句提到羁囚。后来的《南歌子》就不同了:

　　今日光明短,今宵黑暗长,七年回首耐思量,记得年时此夜断人肠。　　阴极阳生长,寒回暑在望,年年岁岁转轮忙,独有吾生从此永凄凉。

虽然叹凄凉,他还是乐观的,这也许是由于信仰坚定的缘故,但恐怕也和善自排解、从愁苦中找寻哪怕只是一点点的欢愉有关。看这一阕《安公子》:

　　大地生机转,坚冰融化空场畔。一齿动妨咀嚼,赴狱中医院。一冬来蛰处心凄婉,结芳邻只有高年伴。更剩目残肢,曲背弯腰愁惨。　　候诊厅堂满,众中忽见少年犯,两两三三相戏谑,似书场宾馆。又瞥见捧心颦黛纤腰软,杜丽娘病态添娇艳,觉一颗冰心,宛被春风吹暖。

本来是自伤老大,叹人病残,忽见少男少女的青春之态,又使他冰冷的心如被春风吹暖了。

但牢狱生活到底是苦的。他写秋老虎的炎热如蒸之苦,有《念奴娇》：

> 反常天气，已交秋，却比秋前炎热。烈日当空腾热浪，连续二旬未歇。蒲扇狂摇，毛巾频拭，白水解深渴。夜阑惊觉，浑身臭汗犹滴。　　今日高突清烟，顿移方向，习习凉风发。暑气都消，正好是玉露金风时节。地轨无端，四时有序，秋虎空猖獗。高天爽气，铁窗时透斜月。

前边是热，是苦，后边却转凉，可喜，他的达观又来了，蔑视"秋虎空猖獗"了。

国民党的七年牢狱生活，他是先在上海，后到杭州，再转苏州，最后到南京度过的。其中以漕河泾的江苏第二模范监狱的日子最苦。据楼适夷回忆，他和郑超麟同关在南京牢狱时，大家奉命译书，既能天天聚在一起工作，又能出书换来稿费，就真是好过得多了。说译书，其实是留学过法国、苏联，精通德文、法文、俄文的郑超麟一个人译，其他人只是跟着他在学外文；在牢狱内外，郑超麟都做过楼适夷的老师。因此，郑超麟一个人稿费最多，由家人买来的食物、营养品等等也就最为丰富，他总是慷慨地送给难友，毫不吝惜。也就是为了这些缘故，他虽是托派，却仍能成为楼适夷的好朋友，直到今天。

他有《临江仙》，写漕河泾监狱之苦和在后来的沧桑变化：

后半生涯今卅载,追思堪叹蹉跎,就中半数枉消磨。牢监时更换。最苦在漕河。　烽火连天人未死,十年旧地重过,却惊广厦变平坡。咆哮无狱吏,满地碎砖多。

在牢狱中,他是达观的,也是坚定的。有一阕《蓦山溪》就是他的明志之作:

婆心苦口,劝我随声和。委曲愿求全,奈鸿沟未容越过。毫厘千里,一念判人禽,辞苦盏,就甜杯,父母徒生我!　鸿沟纵越,心计依然左。不见旧相知,竟低头,然然可可。徒劳争取,照样十三年,抬望眼,企天鹅,何处来宽大?

国民党的七年牢狱,并没有使他低头,后来的二十七年羁囚,也并没有改变他对托洛茨基的信仰。可见他的坚定!

看看他这一词一诗,都是有写得十分沉痛之处的。词是《贺新郎》:

潮退江河下,痛年来,工农处处,血花飘洒。果实累累收获近,大盗突临深夜,强占取田园庐舍。痛定追思沉痛处,觉原先指向生偏岔:认盗贼,作姻娅。　一场争辩分朝野,有宏音,重申遗教,列宁恩马。革命联绵兴绝处,直至落成新厦。纵异曲同工华夏,茅塞顿开眸乍展,但高歌不管相和寡。三十载,一朝也。

再看他的《送灶歌》。这是古体诗。在《玉尹残集》中,词多诗少。比起《贺新郎》来,《送灶歌》是诗意明白得多的,用灶神的变化写出中华大地上灶的变化,人民生活的变化,人民公社的变化。

年年腊月二十四,灶君上天奏玉帝,口头汇报笔头呈,一家人事无巨细。老妪念佛心怨天,小主偷闲学赌钱,亦有孺媳修来世,拜神礼斗丰杯盘。天庭据此判功过,南斗施恩北斗祸,世人亦有小聪明,岁暮鸡豚相送迎,大块饴糖塞神口,求神天上抬贵手。灶君脑满复肠肥,上奏果然善说辞,往往情报无凭准,天堂从此失威信。一年天上大惊奇,云端不见灶君驰。千里眼呼顺风耳,急出天门看尘世:家家私灶荡无存,一方公灶一个村,村灶无奁供香火,灶君神像委埃尘。玉帝闻言长叹息,天堂权力从此毕;双斗清闲惟弈棋,仙官个个蹙愁眉。如斯冷落三四载,今年天上又惊怪:腾云驾雾向天门,灶君复见来纷纷,面黄肌瘦双泪堕,泣诉人间断香火。今年私灶幸重光,处处村民散食堂,今朝依旧无酒肉,平时亦欠一炉香。情报集中另有处,祸福操持另有主,但求新主发慈悲,不畏小神搬是非。

他有《咏史》六首,只记得三首。一般咏史之作,不乏借古讽今的,这三首是不是这样?读后自然会心。

秦相专权乏远图,锄除异己杀无辜。
生前纵保崇高位,死后难逃斧钺诛。

政海升沉消息微,巍峨一座党人碑。
立时名恶毁时美,付与千秋论是非。

平民伐罪起蒿莱,一将功成万骨埋。
未见黎民登衽席,但闻新贵筑楼台。

诗人也不总是这样愤激的,当他回忆往日的甜蜜时,也就显得温柔起来。像这一阕《六州歌头》:

高楼一角,落日敛余红。碧空净,疏星映,见娇容,出天东。丰满如圆镜,渐升起,褪红晕,添皎洁,更晶莹,对西风。降贵纡尊,直入窗棂铁,来探衰翁。道一年最好,今夕广寒宫。岁月匆匆,九秋中! 记年少日,秋宵永,发清兴,玉人同。人语静,晚风定,卷帘栊,影朦胧。小儿陈圆饼,华灯暝,苦茶浓。栏角凭,清光浸,两心通。竞记诗词,搜索团乐句,笑赌茶钟。叹月圆如旧,人事类霓虹,瞬息成空!

同样细腻情深的,像《风入松》,写圣诞景物,历历如在目前:

> 皮袭皮帽白须翁,裘帽染猩红,鹿车独驾驰驱急,斜阳照白云苍松。车上载来节礼,今宵付与儿童。　　小心小眼乐融融,临睡望烟囱。当年我亦蒙恩赐,壁炉畔礼物玲珑;珍重芳心一颗,缠绵密意千重。

又如《秋兴》八首之一,也是写得情深款款的:

> 正值深秋落叶时,华筵初次见蛾眉。
> 素肌朱颊天然好,短袄长裙结束宜。
> 月下街头同款步,风前江畔共徘徊。
> 当年一结同心带,直至如今两鬓丝。

这位和他结了同心结的夫人刘静贞,当他前后三十多年身陷不同的牢狱时,一直都在狱外为他奔走,最后几年他结束监禁却还未全复自由时,她更到他身边守护他,直到自己双目失明,直到他完全恢复自由,这才像完成了自己的任务似的,静静地离开了人世。多么坚贞的女性!

郑超麟诗词的一个特色,是写来明白如话,自然清新,和传统的旧体诗词风格不怎么相同。可能有人嫌它浅近,但这正是它的好处。

它的另一特色是,用词来译外国的诗,这似乎还没有人尝试过。如《淡黄柳》译施托姆诗《无名小鸟》:

无名小鸟,飞唱歌声妙,诱我追踪行远道,不惜精疲力竭,直至斜阳落林表。 鸟声杳,四周树围绕,境深黑,草虫悄。感饥寒何处倾愁抱?惟有林花,暗中开折,播送幽香到晓。

又如用《青玉案》译艾森朵夫诗《小夜曲》:

清宵巷陌闲游冶,万籁净,蟾光泻。小曲谁家歌子夜?少年学子,曼声低唱。美女纱窗下。 当年我亦多情也,更抱琵琶奏风雅,爱侣如今明烛炧。劝君休负,良宵圆月,诉尽心头话。

他还用《满江红》来译《马赛曲》,就又是一番慷慨激昂了:

祖国儿孙,齐奋起,执戈横槊!看此日,敌兵侵我,山川城郭。专制魔王相结合,自由民族悬危索。听四郊野兽正横行,噪声恶。　　卫家国,扶老弱,护儿女,驱侵略,是男儿志气,责无旁托。高举血旗冲敌阵,急擂战鼓摇山岳。教兽兵流血灌吾田,尸填壑。

他有一首《诗人行——六十自寿》,自述如何在牢狱中作起诗来的:

少年有志作诗人,秋月春花学怆神。不写欢心写愁思,明知无病谩呻吟。现实严师督促忙,无心再访浪漫娘,但求理解是与非,不愿欢笑不伤悲。斗争数十年,幸未赴黄泉,尚占人间一席地,萧萧华发戴南冠。吟诗不觉旧技痒,轻弄笔头写惆怅。少时每恨愁无多,如今愁大如天样。今年甲子恰重周,捧觞称寿有温柔:诗篇数十作寿酒,少年雅志今得酬。诗成无人赏,留与秋坟听鬼唱。

不,诗成是有人赏的,也是可赏的。

当然,更可赏的是他为人的坚贞。你尽可以不同意他的托派思想,却不能不对他的"虽九死其犹未悔"的精神赞佩。

托派并不像过去的宣传说得那么可怕、可恶。不是什么汉奸、特务,也不是那么凶神恶煞。郑超麟在十年前写的《我的思想——二十七年改造总结》中,结束语是这样写的:"我是明确站在中国共产党内以四个现代化为纲的多数人方面,而反对那些仍旧以阶级斗争为纲的少数人的。"他并不是要那无边无际的什么"阶级斗争"。

他依然相信一国不能建设社会主义。他认为无论苏联或中国,现在都还不是社会主义。建设"四化",只是为建设社会主义打基础;而"四化"的前提是政治现代化——民主和法制。缺少民主,不尊重人权,是不能实现四个现代化,甚至不能作为文明世界的一个成员的。

好一个玉尹老人!这里赞的是大有"固执"精神的老人。一个当之无愧的真正的人!

一九八九年三月

金尧如揽月摩星词

前《文汇报》总编辑金尧如先生在洛杉矶病逝、安葬,这实在是有违他生前心愿的。二十世纪六十年代在香港时,有一次他和一位新闻界的知名人士在饭馆里发生争吵,他乘着酒兴,大声叫道:"我生为中国人,死也要做中国鬼!我不会到外国去!"

但他的晚年却是在美国度过的。这违背了他早年的心愿,对于他这样一位爱国之士来说,可以说是悲剧。

他不仅仅是"道不行而乘桴浮于海",而是被迫不得不出走到美国,他是迫不得已才走和自己心愿相反的路的。

六十年代"文革"期间他被骗回到广州,交代历史问题,被软禁了几个月,最后证明清白无事,但仍被下放到粤北的煤矿,备受煎熬。一九七二年秋,他从粤北去了广州,约我到广州相会,我们一别五个寒暑了。他被骗去广州时,我是同去广州的,但不知道他跌入陷阱。五年一别,别有一番滋味在心头。他和了欧阳修的一首《蝶恋花》送我:"谁道离情抛却久,五度秋来,心上还依旧。梦到中流日把酒,潇湘挹尽洞庭瘦。　夜雨西窗朝雨柳,聚散匆匆,也愿年年有。云白山青风满袖,海鸥浩荡烟波后。"

他还把这年春天写的一首《卜算子》给我看:"玉宇喧春雷,沐浴光和雨。又是东风浩荡时,我欲乘风去。　昨夜梦飞天,河汉等闲渡。揽月摩星大笑归,未卜天知否?"

他后来终于被调回广州,在广东省社会科学院工作,然后去北京,主持中华书局的编辑部。最后又重回香港,复任《文汇报》总编辑,这已是"文革"后的事了。

一九七七年八月一日,建军五十周年之际,邓小平复出,他以欢欣的心情,填写了一首《金缕曲》:"此乐无穷已。望神州,钧天乐奏,欢腾八鄙。鸿鹄翔兮莺燕舞,万木嘤其鸣矣。浩浩乎云飞风起。回首东山幽谷在,零雨过,霜干更青绮。参天立,山容喜。　问谁能断东流水,看千秋,滔滔覆载,智者乐此。堪笑沉迷移国者,岂识乾坤真理。则天梦,可怜弹指。怒触不周人复出,佐英明,继往开来史。今共古,直无几!"

金尧如为人豪放,他的词走的也是豪放的风格。有些字句并不一定合乎规律,但是总的气势却是豪放逼人的。

他是政论家,许多人都知道了,他又是词人,恐怕是没有多少人知道的吧?

他在《文汇报》上以署名"管见子"写的时事专栏中,好像也曾披露过他一二词作,这里引述的只是他作品中很少的一部分。

王匡徐复观一段诗缘

被尊为"一代大儒"的徐复观先生是一九八二年四月的第一天在台北病逝的,离开我们已经二十三年。他如果还在,应该是一百零二岁的人了。

那天偶然整理旧存的信札,发现了一封和他有关的诗和信。写诗和信的人是已故新华社香港分社社长王匡,信是写给我的,诗却是写给徐复观的。诗是一首七律:

　　海角奇葩一瓣香,三年同梦不同床。
　　偶见毫端生秀气,跃然纸上现豪光。
　　未终棋局烦谁计,待补金瓯费众量。
　　只恨识荆时已晚,个中情义岂相忘。

但徐复观并没有见过这首诗,也不知道有王匡赠诗这回事。那一年春天他去台湾看病,病中有诗:

　　中华片土尽含香,隔岁重来再病床。
　　春雨阴阴膏草木,友情默默感时光。

沉疴未死神医力，圣学虚悬寸管量。

莫计平生伤往事，江湖烟雾好相忘。

我把这诗给王匡看了，问他是不是有兴趣用一首诗问候徐复观的病。三月底的一天，王匡有信给我说："真的续成一首'诗'。当然只不过是'统战'之作。如果你担心有溢美之嫌，我这里可能是过于老友记了一点。如果寄出，则请斧砍一番，否则弃之可也。尚，三月二十六日。"王匡写文艺方面的东西，发表时用的笔名是尚吟，这封信是三月底写的，徐复观几天后就去世了，这信和诗已经来不及转到他的手上。

王匡在诗中赞徐复观的文章是"海角奇葩"，这是指他在香港《华侨日报》上每一两天就发表的一篇时事杂文，尽管彼此立场不同，却有"秀气""豪光"可以欣赏。王匡是一九七九年从北京调来香港的，读他的文章有三年之久。"三年同梦"是说大家都有统一祖国河山之梦，只是各自立场不同，梦虽同而立场各异，与寻常的同床异梦相反，成了异床而同梦。祖国未统一、棋局未终，金瓯也有待补缺，如何是好，那就需要"众量"了。只恨识荆已晚，王匡是在一九八〇年才认识徐复观的。那年四月，廖承志到美国做心脏搭桥手术，五月经过香港回国，他和王匡在山顶的别墅中会见了徐复观，这是他们的初次见面，也是最后一次见面。彼此随意谈了大约两个钟头。

徐复观在治病期间，立了遗嘱："余自少十五岁以后，乃渐悟孔孟思想为中华大化命脉所寄,今以未能赴曲阜亲谒孔陵为大恨也……"

他病中我曾寄诗对他怀念、慰问:

> 故人憔悴卧江关,望里蓬莱隔海山。
> 每向东风问消息,但依南斗祝平安。
> 论交十载师兼友,阅世百年胆照肝。
> 一事思量增惆怅,孔林何日拜衣冠。

我所惆怅的,是他在遗嘱中的"大恨"。在他赴台治病以前,我们曾约定,病好以后,一起北上幽燕,行程中包括到曲阜游孔林孔庙。他把行期定得稍后一些,一是因需要时间治病,二是因打算邀老友李璜同行。可惜事与愿违,他只能在遗嘱中引为恨事了。

二〇〇五年

金庸梁羽生的诗词回目

这是三十五年前的事了,《海光文艺》上发表了佟硕之的《金庸梁羽生合论》,初时人们以为是我的文章,直到二十二年后,我才说出了这个秘密,那其实是梁羽生的作品。

当年我们办《海光文艺》,要雅俗共赏,因此以谈武侠小说作号召,当年的武侠小说金庸、梁羽生是一时瑜亮,就选上了金、梁来谈。这主意是我出的,找梁羽生执笔,梁羽生初时不大肯写,他要避嫌,我逼他非写不可,最后他答应了,但要我承担文名,承认佟硕之就是罗孚,我只好认了。并不是梁羽生要以合论来打击别人,抬高自己。当时梁羽生还在《大公报》,报馆上层有人还嫌他的文章批评得不够,对金庸客气得过了头,有失立场呢。

"这篇文章比较金庸、梁羽生作品的异同,也分析了二人的优缺点,持论大致客观平允。"这是吴宏一在谈《金庸小说中的旧诗词》中的论断(见二○○一年三月号《明报月刊》)。这样的断语也是"持论大致客观平允"的。

我是最早读金、梁小说的人,但不是读得最多。每人的作品只不过读了两三部而已。从吴文中我才知道,金庸在后来出书时很认真地修改了他的作品,以求完美,包括小说的回目。原来没有回目的,加上了;原来有的,也有改动。而在回目形式上,他还有了新的创造。我因此翻了翻他的作品集,发现他的小说回目真是多样化,多彩多姿,有些依然没有回目,只是用一、二、三、四来分章节,有些连章节也不分。有些只是简单的两个字,如以"灭门""坐斗""传剑"做题目。有些是用四、五、七言对句,有些是用一首诗或词,把它们拆散了作每一回的题目,如把一首柏梁体四十韵诗做了《倚天屠龙记》全书的回目,把五阕不同的词分别做了《天龙八部》五集每章的回目。这样做在前人是没有过的,是金庸创造的新形式。

吴宏一说,这是金庸接受了《合论》中梁羽生对他的批评,在回目上下了功夫,力争上游的成就。吴宏一的文章用《梁羽生与金庸暗中较劲儿》做副题,其实这是金庸在暗中较劲儿,也果然有劲,梁羽生并没有,他原来就是用对句做回目而始终未变的。

梁羽生回目的一个特色是集句为联。从古人到今人,从唐朝的杜牧到近人毛泽东,都被他用上了。如"十年一觉扬州梦,万里西风瀚海沙",上句是杜牧,下句是纳兰性德。如"苍茫大地谁为主,窈窕秋星或是君",上句是毛泽东,下句是龚定盦,不过毛的原句是"问苍茫大地谁主沉浮"。如"四海翻腾云水怒,百年淬厉电光开",依然是毛和龚。有些是只用一句,而自己对上一句,如"何须拔剑寻仇去,依旧窥人有燕来",下句是黄仲则。如"九州铸铁伤心错,一局棋争敛手难",上句是秋瑾。

如"平楚日和憎健翮,天山月冷惜幽兰",上句是鲁迅。近世集龚成风,集成的多是诗篇,独梁羽生集为对联,是因他对对联很有兴趣,很有研究,还写了联话成书。

集句成联不稀罕,梁启超集宋词为联就很有名。

集毛词龚诗为联似乎还没有人做过,而梁羽生却做到了,像"四海翻腾,百年淬厉","苍茫大地,窈窕秋星"都很有韵味,"四海、百年"一联赋龚诗以新意,更可称赏。

梁羽生也喜欢诗词,爱在小说的开头或收尾处填词寄意,如《白发魔女传》是以《沁园春》开头的,《萍踪侠影录》的收尾是一首《清平乐》。

梁羽生早年的《七剑下天山》的开头是《八声甘州》词,据说这阕词常为人征引:

笑江湖浪迹十年游,空负少年头。对铜驼巷陌,吟情渺渺,心事悠悠。酒冷诗残梦断,南国正清秋。把剑凄然望,无处招归舟。　　明日天涯路远,问谁留楚佩,弄影中洲?数英雄儿女,俯仰古今愁。虽消受灯昏罗帐,怅昙花一现恨难休。飘零惯,金戈铁马,拼葬荒丘。

吴宏一虽然也同意别人称赞它"写得不坏",但又嫌引用前人的成句稍微多了一些,如"问谁留楚佩,弄影中洲"全是抄袭张炎,一字未改;又如"把剑凄然望",也是脱化自苏东坡的"把盏凄然北望"。其实袭用前人的句子，诗词中多有，不足为病。毛泽东的"天若有情天亦老，人间正道是沧桑"，"天若有情"就是唐朝李贺的句子，也是"一字未改"地用上了，没有人认为不行。何况是小说中的诗词，更不必吹毛求疵，只要通篇意思不差，饶有韵味就好。至于回目集句，更是不必拘泥。吴宏一在谈到金庸小说中的诗词，就说是"一不应只着眼于把它们独立出来讨论它们的出处"，而于梁羽生却另眼相看，寻根问底，若有憾焉。

吴宏一更举出金庸的一首七律盛赞一番。这首七律是金庸在以草委的身份参加起草《基本法》时述怀之作："南来白手少年行，立业香江乐太平。旦夕毁誉何足道，百年成败事非轻。聆君国士宣精辟，策我庸驽竭愚诚。风雨同舟当协力，敢辞犯难惜微名？"这是四首中的一首，是金庸应族长查济民之嘱而写的，作者说："我作旧诗的功力自知甚低，连平仄黏拗也弄不清楚，但长者命，不敢辞，半宵不寐，写成了四首。"

半个晚上写成了四首七律，尽管不是七步成诗，也是捷才，吴宏一特别叫读者不要忽略金庸这一段文字，指出这样高速的产品"谅非一般人所能"。的确是一般人做不到的。捷是好但并不一定好。这首诗使人想到科举时代的试帖诗，连吴宏一也说，"这样的诗可能韵味不足"。

《明报月刊》二〇〇一年六月号

高旅和聂绀弩

一

高旅（一九一八至一九九七）和聂绀弩是好朋友，晚年以旧体诗崛起于文坛的聂绀弩，一九八〇年在香港出版第一本旧体诗集《三草》时，就是指定要高旅写序的，只此一序，再无别家。到一九八三年人民文学出版社在北京为他增订出版第二本诗集《散宜生诗》时，这才加上另外两篇序，一是他的自序，一是胡乔木给写的序。胡乔木的序可以说是强加给他的。

当港版的《三草》流传到北京时，聂绀弩以之送人，胡乔木在胡绳处看到了，大为欣赏，这时正好人民文学出版社要把它增订、注释出版京版的《散宜生诗》，胡乔木就自告奋勇，要替它写序，那时书已经开印，快要出版，于是就停下来，等这篇序，胡乔木是忙人，左等右等，序文都迟迟没有写成，最后终于等到了，但书已印好，连目录都来不及加，目录上只有"高序"和"自序"，而没有"胡序"，"胡序"是排在目录之前，是另加了页数印上的，这在一般书来说也是少见。

胡乔木这人，时右时左，声名很大。聂绀弩最初知道他要替自己的诗集写序时，其实是很不欢迎的，他和人谈起时，说是"大祸临头了"，但是推不掉，没有办法。他最怕人家说他走了什么门路，去求胡乔木这样的人写序。事实上，一般人出书要求胡写序，未必可得，别人求之不得，聂绀弩却是不想要也不可能。在等待的过程中，整本书就在等这篇序，目录都印好了，序还没有来，他不免等得心烦，而有怨言，以至于出现了章诒和在《最后的贵族·斯人寂寞》中那样的话。

章诒和说，《散宜生诗》很快轰动了文坛，一天，某知名度颇高的作家读了诗集后，登门造访，寒暄了几句，便谈起了《散宜生诗》，遂问："老聂，拜读大作，佩服之至，不过我想问问，你是怎么找到乔木，请他作序的？"瞬间急雨骤至，黑雾飞扬，愤极了的聂绀弩倚案而立，怒气冲口而出，厉声切齿道："妈的个×，我的书本来好好的，就叫那篇序搞坏了！"

"妈的个×"这样的粗口，聂绀弩未尝说不出来，他送钟敬文的诗中就有"青眼高歌对吾子，红心大干管他妈"之句，但我相信，这样的话他是不会在看了胡乔木的序文以后还骂得出来的。现在当然不能起聂绀弩于地下，问他说过没有，但我们却可以从他在自写的《散宜生诗附记》和在给高旅的一封信中看得出来，未必会说。

聂绀弩在《附记》中，感谢了胡乔木写序和加注的提议，这还可以说是表面的客套，但他一九八三年八月三日给高旅的信中说："兄之落实政策事，近已同胡乔木同志提出，请他向有关方面谅解,并促成之。此公做事负责,近对我颇好感,虽见访一次,并自动为《三草》作序,谓其特色也许为过去、现在、将来诗史上独一无二的。溢美之论,对我有此兴趣,故趁其询我有无问题要解决时,专函提兄一笔,想会有下落也。我亦提兄小说等等;惜手头无书可给。想他亦无暇读书……"

这信刊载在武汉出版社为聂绀弩一百岁诞辰出版的《聂绀弩全集(第九卷)》的序跋、书信中。这是聂绀弩亲笔写给高旅的信,不会有假。他用不着虚情假意地说感谢胡乔木的话,代替他深深不满的一个骂词。

我相信,章诒和写的恐怕是传闻之误。聂绀弩就算有那些愤激之言,也只能是在等待胡序而耽误了诗集出版的时间,等得不耐烦了,才会有那样的粗口,那时他还没有看过胡序,不知道他怎么写序,如果看过了,知道胡乔木是那样肯定他的话,说是"作者以热烈和微笑留给我们的一株奇花,它的特色也许是过去、现在、将来的新史上独一无二的",他还会那样骂胡乔木,那也未免太不近人情了。

我相信,聂绀弩顶多只能在左等右等而序不来,书印好了也不能出版,又不知道序文是怎么写的,才可能那么以粗口对待。章诒和的文章是有所误传了。

二

聂绀弩和高旅是好朋友,也可以从他们之间书信来往的频繁看得出来。

《聂绀弩全集》所收的书信中,搜集了他给十多位朋友的信,其中最多的,就是和高旅的通信,其次是舒芜。

他给高旅的信有一百四十一封,给舒芜的信有六十多封。给舒芜的信是从一九七六到一九八五年写的,给高旅的信是从一九六一到一九八五年写的。

全集中只有绀弩的信,看不到高旅的回信。两人的通信谈的多是诗,绀弩往往把他的新作抄写给高旅,从这些信中,可以看到《散宜生诗》的许多集外诗。济南侯井天编的《聂绀弩旧体诗全编》和上海学林出版社的《聂绀弩诗全编》,其中的《拾遗草》不少就是从他们的这些通信中转抄下来的。

高旅以写小说、杂文活跃于文学界,他其实写了大量的诗篇。他死后,清华大学的王存诚教授(作家邵荃麟、葛琴的女婿)应他家人之请,替他整理编辑了一厚册的《高旅诗词》就有一千二百多首之多,这说明他不仅仅是小说家、杂文家,还是诗人。

聂绀弩在一九六一年的一封信中对高旅的诗有这样的意见:"你的诗,很出我意外,我根本未想到你有意于此,谁知你还作了不少。以前说过,你很长于向周围摄取未经前人道过的事物和境界,用旧的评语说,就是'清新'。如果写古体不讲究对仗平仄,就会更得其所哉。但你抄来的都是近体,那就嫌对仗不工、平仄不调,有时还以乡音为韵,以至出韵。看来,诗句是未经锤炼的。即来自多年前人著作，自己又未多经吟哦。"这可能说中了要害。高旅的诗篇有很深刻的句子，但律诗中平仄不调、对仗不工、押韵不对之处很多，显然没有经过认真的推敲。

高旅多年在港工作，晚年又脱离了左派的《文汇报》，他许多感时咏事之作，是很得从旧垒中来、反戈一击之妙的，我最欣赏他的《用毛润之先生词作律句》六首七律。毛泽东的原词是《浣溪沙·和柳亚子先生》："长夜难明赤县天，百年魔怪舞翩跹，人民五亿不团圆。一唱雄鸡天下白，万方乐奏有于阗，诗人兴会更无前。"高旅的六首七律节选如下：

百年魔怪舞翩跹，正果修成便是仙。
马列无知输说法，杨枝着露任挥鞭。
一条路线苦与死，三面红旗缺不全。
我有阳谋君跃进，东风送上大罗天。

诗人兴会更无前，提笔打卦眼望天。
若把宝书读熟了，从此大作易成焉。
既通思想复劳改，何惧文学罹罪愆。
纸帽着头亦好事，敲锣打鼓步前贤。

三

高旅自己并不认为很突出，却受到北京人士欣赏的是一首

《悼邵荃麟》。邵荃麟和葛琴夫妇是高旅早年参加抗日战争时就结交了的朋友。聂绀弩在一九七九年十月七日写给高旅的信中说:"荃麟追悼会家门横额为邵家天诗,极醒目。吊者纷纷问高为何人。"邵家天就是邵慎之,也就是高旅。

在《高旅诗词》中,有《悼邵荃麟》七律一首:

> 十年党锢失惊看,每忆嘉陵握别欢。
> 小语叮咛多仔细,前途险阻祝平安。
> 书传京报声犹涩,我为故人泪未干。
> 天下南冠遍旧侣,鬼薪取火不胜寒。

《高旅诗词》中又有《吊荃麟》古风一首:

> 左联一士负弩矢,十字街头不畏死。
> 咯血少年奋战时,家喉惯漱白开水。
> 轻生慷慨作家常,笔墨生涯余事耳。
> 岂是胸中沟壑深,洁身朗府端容止。
> 先生清貌盛须眉,华国文章指正轨;
> 何限英雄塑典型,原知文学长如此。
> 老时党锢忽新翻,自抚鞭痕伤竖子;
> 革命开谋下代工,奈从棰杀前驱始?
> 此中鬼蜮洞明谁,为奉则天袭吕雉。

内外惊扶女皇銮，每惭辍笔自徒宽。
年年占梦无消息，长忆嘉陵握别欢：
有语叮咛须仔细，前途险阻祝平安。
书传京报声犹涩，我为故人泪未干。
昨夜山呼聚恶少，钓台初整平天冠。
俄闻铁骑荡妖窟，踏碎瑶庭承露盘。
少日苍茫多俊杰，新型冯道面无汗。
风凉摇摆支柔骨，金粟俱来膝下欢。
呜呼！
天下南冠遍旧侣，鬼薪取火不胜寒。

这首诗显然是初稿，前面那首七律才是最后的定稿。高旅还有《吊葛琴大姐》七律两首：

卅载浑沦涉此生，寒云坠破未呈星。
冲天雪拥窑场火，覆巢风从铁索腥。
进转胡同万象变，山呼圣殿千门惊。
谁羁大姐长监坐，仿佛银铛响未停。

早著奇书《总退却》，何如狭路遇妖兵。
挺身不避陷身处，绝口犹存钳口声。
海上武装多起义，女中豪杰有令名。

徒然欲说欢颜事，闻讣心伤泪已盈。

诗后有注：《窑场》《总退却》皆所著小说集名。"窑场火"为故乡景色。又："曾三次参加上海武装起义。"

四

聂绀弩不但要高旅替自己的诗集作序，还曾经要他写一本书，一本萧红传。这可见他对高旅评价之高。

这一年的夏秋间，聂绀弩从北京南下广东，在广州去扫了萧红的坟墓，到海丰拜见了彭湃的母亲，作了六七首七律给萧红，以"千里故人聂绀弩，南来微雨吊萧红"开篇。事后，他请尹瘦石画了一张萧红的像，请陈迩冬把他所作吊萧红的诗写成条幅，和后来写的诗一起送给了高旅，要他写萧红传，又说："至于作否，随兄意，兄当自有胜业，不必为此也。"

后来，高旅并没有照聂绀弩的建议写萧红传。但聂绀弩却送上了他的赞词"港中高旅最高文"，这也说明了他对高旅文章有最高的欣赏。

聂绀弩对高旅的欣赏还不止此。当一九八三年《文汇报》在港创刊三十五周年纪念时向他征文。他准备写一篇文章，他在八月二十五日给高旅的信中说，他的文章想说，"卅余年来《文汇报》最大的功劳，在造成了一高旅。或问何时写之，何处发表，不知矣"。不过，他后来并没有写这篇文章。

此外，他又不止一次把高旅的文章和周作人比较，甚至认为高旅比知堂更胜一筹，而钱锺书也有不及高旅之处。

聂绀弩在一九八二年九月五日给高旅的信中说："近日想到，唐朝贬官，系不能代取之类文章，似可多写，易写，易发表，且似无他人快此。回想知堂老人文多类此，很耐寻味，读时常不忍释卷，故此劝进。"又在十二月十二日信中说："《持故》好，博学卓识有知堂风味，但知堂抄书多，你不抄，胜他。海内外博学知名者为钱锺书，他只谈文艺，你比他天地阔。"这些议论可以说是见仁见智。《持故》指高旅的杂文集《持故小集》《持故又集》。高旅是以写杂文进入文坛的。他的杂文有鲁迅的风味，却不及聂绀弩的有特色，而说他近于知堂倒是少有的议论。他的历史小说以《杜秋娘》《玉叶冠》最有名。而一般的小说最为聂绀弩称道的还是《困》，被认为"最佳"。

高旅也写过武侠小说，他在一九五二年创刊的《香港商报》上，以牟松庭的笔名写过《山东响马传》之类好几篇，虽然后来梁羽生、金庸在《商报》写的武侠小说引起了人们对武侠小说的兴趣，他们的作品被认为为武侠小说开辟了新的天地，被称为新派武侠小说，但高旅那些却没有被列入这新派之内。

二〇〇四年八月七日

爱水而又不爱"水"的诗人
——怀念听水诗人王辛笛先生

我是一九八一年在香港才和王辛笛（馨迪）先生认识的。那一年他参加中国作家代表团来香港，出席了中文大学举办的中国现代文学研讨会。我知道，他是我早已认识的书画鉴赏家徐伯郊的妹夫，是文物鉴赏名家徐森玉的女婿，因此对他感到别有一番亲切。

徐森玉老先生我不认识，只是久仰他的大名，知道他是上海博物馆的馆长，是有名的文物鉴定专家、金石学家和版本目录学家，周恩来总理称之为"国宝"，但"文化大革命"中他被辱骂为"国贼"，于一九七一年以九十高龄，含冤逝世。辛笛先后有三悼徐森玉丈的七绝七首。二悼有小引：时"为森丈营葬于苏州七子山麓，落日衔山，人影在地，四顾苍茫，怆然久之，惟闻远处传来寒山寺暮钟而已"。诗云："何期营葬送斯文，山下人家山上云。万事于翁都过了，斜阳无语对秋坟。"三悼有诗："平生风义不为钱，样叶书屏作嫁钿。喜有是非公道在，瓣香甥馆祭尊前。"诗后有注："四十年前森丈嫁女，仅以宋版书散页四枚代奁。"这里，可见徐森玉是不重视金钱只重视古书，连散页而不是整本的古书在他的眼中也是珍宝。只是不知道这一份特别的嫁妆是不是送给徐文绮（王辛笛夫人）的。他们当然也一样会视之为珍宝。

辛笛是不那么重视金钱的，虽然他早年出身银行，做过金城银行信托部副经理，但是他却要把自己私产的一大笔美金捐赠给国家。二十世纪五十年代末，中苏交恶，国家经济困难，他就有意把自己存在美国的一大笔美金（约为十五万美元）捐献给政府。他当时和许多知识分子一样，很希望自己能够成为一名共产党员。有人于是把这两件事联系起来看，在"文化大革命"中把它说成是辛笛想用这笔钱换党票。当时的政策是不接受个人的捐献，以免被认为政府敛财。同时也不接受他入党，因为认为他在党外更能发挥作用。不料这事后来在"文化大革命"中却被人歪曲为他希望用这时值折合三十万元人民币的美金换一张党票。七十年代末，"文化大革命"结束后，政府接受了他这笔捐献，并且暗示他可以再写入党申请书，这时他却已对入党失去兴趣了。

辛笛在视钱财如粪土的同时，并不任意挥霍，而是省吃俭用地过日子，一支牙膏也是榨得点滴无存了这才弃去的。

辛笛不重视金钱。金钱在广东话里，称之为"水"，如想法子去找钱，就称之为"磅水""扑水"。

不爱钱的辛笛却是爱水的。在接近七十年前，他写下了"智慧是用水写成的"诗句，这使人记起中国的老话："仁者乐山，智者乐水。"辛笛是乐水的智者。晚年他出版了旧体诗集，名之为《听水吟集》，他自己说，"乃取逝者如斯，不舍昼夜之旨"。他无论旧诗、新诗，都充满着自己的智慧，这也可以说，他的诗是用水写成的吧。他是与水有缘的，但他却不爱广东话里的"水"。他只是在听大自然里的水在吟唱，听水吟，而自己也低吟如水。

女儿王圣思替他写的传记，就是以《智慧是用水写成的》为名，书出版于二〇〇三年八月，辛笛在二〇〇四年一月逝世。这题名《挽歌》的"智慧是用水写成的"诗，也就成了他自己的挽歌。

让我们都来吟唱这首《挽歌》吧：

> 船横在河上
> 无人问起渡者
> 天上的灯火
> 河上的寥阔
> 风吹草绿
> 吹动智慧的影子
> 智慧是用水写成的
> 声音自草中来
> 怀取你的名字
> 前程是"忘水"

相送且兼以相娱

——《看一支芦苇》

或者我们再吟唱辛笛的另一首挽歌,这首挽歌的题目是《逻辑——敬悼闻一多先生》:

对有武器的人说
放下你的武器学做良民
因为我要和平
对有思想的人说
丢掉你的思想像倒垃圾
否则我有武器

这一改他平常的诗风,尖锐如匕首。

辛笛是新旧体诗都能写的诗人,他认为新诗易写难工,旧诗难写易工。事实上,新诗不见得易写,旧诗也不见得易工。在辛笛来说,他的旧诗因他的旧学的底子好,写出来往往比许多人写得都像样,也颇有佳句。读起来使人感到很舒服。他的律诗显得很有功力。他旧诗以七绝为多,也许是因为易写的缘故。他是在和钱锺书唱和的时候才写起律诗来的。钱锺书是有名的学者,也是有名的诗人,主要写七律而很少写七绝,和辛笛刚好相反。一九七三年,钱锺书以旧作《说诗》《寻诗》等《谈艺三章》寄给他，他和韵答以三首律诗，在《听水吟集》中，他还写了一段《补记》在诗后："以上各章不过为友朋间来往投赠论诗述怀之作，而在当年动辄得咎，株连蔓抄，不一而足，知人论世，已属大难，而耳语吞声，尤恐隔墙窃听，凡此何可轻于示人，更遑论持以问世！际今百花初放，倡言民主之日，敞怀竞贡良猷，用敢勇于芹献，纸尾缀此数语，聊志喜感交集于万一也。于一九七九年七月。"诗作于一九七三年，补记写于几乎六年以后，"文化大革命"已经结束了，这才有写作和言论的自由！连温柔敦厚的辛笛也不免要写出语带愤激之言来了。

辛笛的《步槐聚居士〈说诗〉〈寻诗〉三律原韵述怀》——

不拘一格破樊笼，投老何能涸辙穷。
烟雨中秋偏妒月，星辰昨夜半因风。
鸳文信美难为水，蚁业无多瞬更空。
自古书生病迂阔，捻须到断句方工。

心平如镜对秋江，盛世何容学楚狂。
瓦出今陶欣有托（王荆公诗："甄陶往往成今手，尚托声名动世人！"），玉成他手正无妨。
仰君博雅诗谈艺，愧我侵寻病觅方。
"莫笑吟边淡生活"，天涯旧雨各茫茫。

悲欢离合寻常见,狂狷由来两不同。
诗梦偏逢鸡塞雨,乌台何苦马牛风。
全凭日月光华转,默沐祥和教化中。
灯火阑珊无觅处,从容洒脱句能工。

钱锺书《说诗》原作——

七情万象强牢笼,妍秘安容刻划穷。
声欲宣心词体物,筛教盛水网罗风。
微茫未许言诠落,活泼终看捉搦空。
才竭只堪耽好句,绣鞶错彩赌精工。

钱锺书《寻诗》原作——

寻诗争似诗寻我,伫兴追逋事不同。
巫峡猿声山吐月,灞桥驴背雪因风。
药通得处宜三上,酒熟钩来复一中。
五合好参虞礼谱,偶然欲作最能工。

第二年钱锺书以《老至》七律一首寄辛笛——

徙影留痕两渺漫，如期老至岂相宽。
迷离睡醒犹余梦，料峭春回未减寒。
耐可避人行别径，不成轻命倚危栏。
坐知来日无多子，肯向王乔乞一丸。

辛笛一时兴起，一连和了三首——

浮世身灯意兴漫，情知高处不胜寒。
秀才懊恼空囊颖，院士文章妙墨丸。
面壁有心惟酒困，问天何悔见衣宽。
山茶开罢春来去，一曲高歌水字栏。

惯于长夜思漫漫，明月窥人上井栏。
每坐寡欢成齿冷，但能随分即心宽。
故家徙倚添吟债，尘世浮沉赛走丸。
白发欺人搔更短，幸多巾帻任遮寒。

杜鹃声里怯余寒，为爱轻阴但倚栏。
水绘一生呼负负，风鬟双照路漫漫。
奋挥尽羡如椽笔，僭和偏拈险韵"丸"。
"莫笑吟诗淡生活"（东坡句），沉酣何事不心宽。

钱锺书这些诗章是很有功力的,而辛笛诸作也功力自见,可以称得上一时瑜亮,旗鼓相当。

王圣思为父亲写的《辛笛传》是以辛笛的诗句"智慧是用水写成的"为名。辛笛用他的智慧于写诗、写散文,早年以写新诗,晚年以写旧诗得名。我们是不是可以说,他是以用水写诗而得名的呢?

他不爱"水"而爱水。他用智慧也就是用水写诗,他以《听水吟集》做自己旧诗集的名字。而在他这诗集出版时,他生命中重要的诗还没有写,那就是他的《悼亡》之作。辛笛夫人徐文绮在二〇〇三年秋逝世,辛笛以几天的沉默写成了这样的诗句:"钻石姻缘梦里过,如胶似漆更如歌。梁空月落人安在,忘水伤心叹奈何。"为什么要忘水?又为什么要忘水而伤心?辛笛的忘水其实正是不忘情于水。

水哉、水哉!

智者乐水!我们智慧的诗人,让我们听他在听水吟诗吟出自己的诗篇吧。

二〇〇五年,辛笛逝世一周年又五日后作

冒效鲁和钱锺书

一

冒效鲁是如皋冒家的后人。冒家前有冒辟疆,是明末的四大公子之一,和董小宛是一对。后有冒广生(冒效鲁、冒舒諲的父亲),是清末民初以至新中国的诗人、学者,是毛泽东请教过词学的人。

冒效鲁早年曾住过哈尔滨,精通俄文。中苏建交后,三十年代国民党当政时,在中国驻苏大使馆担任过文化参赞。五十年代他到安徽大学,教的是俄文,后来还主持过苏联研究所。

他的《叔子诗稿》中,有些就是在苏联当外交官时的作品。这样的作品在旧体诗人中是罕见的。

我曾经请他在一张梦轩复古笺上留下一点墨宝。他写的就是《莫斯科早春》的绝句:"鹊噪晴檐雪未消,无多寒趣款无憀。空阶昨夜潇潇雨,已报春工上柳梢。"

这首诗看不出多少苏联味或俄国味。《偕内子挈儿女游莫斯科近郊阿汗格司克宫偶成一绝》:"殿阁巍峨倚碧霄,豪华容易换渔樵。摩挲不尽铜人泪,剩对斜阳细柳骄。""铜人泪"

下有注:"园中塑像纪念故诗人普希金,题曰'伤心之天才。'"看了注,外国味道就有些了。

还有一首《题内子翘华手抚俄作家屠格涅夫小像》:"异邻穷老憯忘归,皤鬓萧然倦打围。赖有红裙知己在,茶铛药鼎总相依。""打围"下注:"《猎人日记》为屠翁名作。""红裙知己"下注:"谓女伶魏雅多夫人,翁晚年客巴黎,寄食其家。"

冒效鲁夫人贺翘华能画,由此可见。

集中还有《夜读俄诗人普希金、莱蒙托夫遗集,感其生平,凄然有作》等篇。

二

冒效鲁由苏联经法国回国,在马赛船中结识了钱锺书,两人一见如故,从此成了好朋友,常互相赠诗,又时有唱和,《叔子诗稿》中有不少这样的诗篇。默存的名字是出现得最多的,默存就是钱锺书。

如《红海舟中示默存》二首:"苦殚精力逐无涯,我与斯人共一痴。各有苍茫秋士感,莼鲈虽好那堪思?""积年冰炭置中肠,呴沫相濡欲两忘。莫对海波谈世事,怕渠容易变红桑。"

一九三九年抗日战争时期,钱锺书由上海到湖南教大学,这就是《围城》中的故事,冒效鲁就有《送默存讲学湘中》的诗。

一九四一年钱锺书已回上海,冒效鲁有《次韵默存〈九日伊甸园小集〉》诗:"近市无山不可寻,招携裙屐入园林。重阳难得是晴日，百故犹存惟古心。粲粲黄花宜令节，翻翻白鸟度轻阴。清谈何与兴亡事，肯信神州遂陆沉。"不知伊甸园是上海的哪一座园林。日军侵华，因此有"肯信、陆沉"之句。

五十年代，钱锺书到了北京。一次生了病，冒效鲁寄诗《讯默存疾》："示疾悬知世已非，朋簪寥落惧多违。《围城》惝恍犹能记，落照苍茫遂不归。耿耿心同空迹象，纷纷耳学炫渊微。栖皇夫子无宁处，忍便挥弦睨鸟飞。"

"文革"后的一九七七年，他有《槐聚书来速北行报以绝句五首》，槐聚也是钱锺书。诗中有"田舍诗郎谢略沙"之句，谢略沙是"俄短命诗人叶赛宁小名"。又有句"我有托翁小像章，劫余发箧有奇光"，托翁当然是托尔斯泰，有他的像章，这倒是可以羡慕的，那是三十年代的"古物"了。

三

在 BBC 的纪录片《毛泽东》中出现过的巫宁坤教授，匆匆来中文大学讲学，中间匆匆回过美国一趟，现在又匆匆回美国去了。我看到他写的《教授原来是草包》这篇文章，才想起他好像要走了，打电话问中大的友人，才知道果然在前几天走了。

《教授原来是草包》并不是夫子自道，他当然不是草包。这是别人的诗句，是冒效鲁教授的自嘲。巫宁坤的文章是谈他所接触过的冒效鲁，以及他们共同受过反右和"文革"之苦的经历。

在"文革"的"牛棚"中，冒效鲁失足摔了一跤，被扶起来后就脱口而出了两句诗："霸王庙前出洋相，教授原来是草包。"巫宁坤在一旁就续上了两句："牛鬼蛇神我不要，滚回人间去改造。"这在当时被认为是"反诗"，传播者还受到了严厉批判。

事隔二十多年，冒效鲁几年前已经去世。巫宁坤知道他有诗集出版，想到了这诗，在文章中最后问了一句："不知道这首'反诗'收进去没有？"

没有。我有那《叔子诗稿》。那都是格律谨严之作，不收打油体。何况这诗打油也平仄不调，韵脚不对，自然要见遗了。

巫宁坤提到冒效鲁的一首咏鲁迅的七绝，倒是集中可见。那是《读鲁迅诗稿》："身无媚骨奉公卿，笔驶风雷魍魉惊。血荐轩辕真壮语，翱翔千仞一雄鹰。"集中还有《鲁迅百年祭寄题》："荷戟彷徨彼一时，寒星寄意竟谁知？破除迷信思良药，求实精神百世师。"

郁达夫的诗和香港

如果郁达夫不在五十一年前被日本军国主义分子杀害的话,他活到今天,应该是百岁老人了。人们是不大容易把风流倜傥的他和老人形象连在一起的,而他死时也只有四十九岁,还年轻得很。真是可惜!日本军国主义真是可恨!

郁达夫是先后三次到过香港的。两次在一九二六年,一次在一九三八年。二六年正是北伐时期,他从北京南下,到广州的广东大学教书,就在那时候,广东大学改组为中山大学。他在十月二十日到十一月二日之间,趁这改组停课的闲时,到香港、澳门一游,先从广州到香港,再去澳门;又从澳门回香港,再回广州,前后到香港两次。三八年底他去新加坡,参加《星洲日报》的工作,十二月十八日由福州坐船,二十一日到香港,二十三日改坐意大利邮轮经马尼拉,二十八日到新加坡,在香港逗留了两三天。三次加起来一共不超过十天。

据王自立、陈子善所编《郁达夫研究资料》记载:一九二六年三月,他"为南方的革命形势所鼓舞,与郭沫若、王独清同赴广州。到广州后任广东大学(后改名中山大学)英国文学系主任兼教授"。后改任法科教授兼出版部主任。十一月底辞职,十二月中回到上海。

又据《研究资料》,一九三八年十二月十八日载:"应《星洲日报》社之邀,与王映霞携子郁飞搭乘英商邮轮离福州赴新加坡。"二十一日,"到香港短暂停留,在港参观和拜访戴望舒、楼适夷等好友"。

在这以前,他已经在戴望舒主编的《星岛日报·星座》副刊发表过一些文章。后来又在陆丹林主编的《大风》旬刊上发表过一些诗篇,惊动文坛,有名的《毁家诗纪》就是他到新加坡以后,把一些已经发表过的旧作和还没有发表过的新作,加上注解,一起寄给丹林发表的。行旅匆匆,他在香港似乎没有作过文章写过诗。有一首七绝,从题目看,似是在香港所作,但从另外一个题目和注文看,却是到新加坡后的作品。

这首诗的题目是:《远适星洲,道出香港,友人嘱题〈红树室书画集〉,因题一绝》。但它又另有一个诗题:《日寇陷沪,陆丹林逃难香港,邮示谐家题咏〈红树室书画集〉,感赋却寄》,这就明显不是香港所作了。诗是:"不将风雅薄时贤,红树室中别有天。为问仓皇南渡日,过江载得几残篇?"后注"一九三八年十二月",这是他到了新加坡的日子。他别日诗篇的后面,不止一篇注有"一九三八年末新加坡"。红树室是陆丹林的书斋,也是居所,到底在香港哪里就不可考了。在上海,已有红树室。

郁达夫的一些诗是一九三八年先在广州刊出,后才在香港的报刊上出现的。广州的报刊有《救亡日报》《宇宙风》等。

在香港最早刊出的诗是《读郭沫若氏谈话纪事后作(二首)》。一是《募寒衣》:"洞庭木落雁南飞,血战初酣马正肥。江上征人三百万,秋来谁与寄寒衣?"一是《前线不见文人》:"文人几个是男儿,古训宁忘革裹尸。谁继南塘征战迹?二重桥上看降旗。"南塘是明代名将戚继光,他在闽、浙,大败倭寇。

郁达夫自己是到过前线劳军的,他有《戊寅春,北上劳军,视察河防后登五云顶瞭望军营垒,翌日去徐州》一律。戊寅就是一九三八年。"千里劳军此一行,计程戒驿慎宵征。春风渐绿中原土,大纛初明细柳营。碛里碉壕连作寨,江东子弟妙知兵。驱车直指彭城道,伫看雄师复两京。"这首七律和另一首七绝,却被编在《毁家诗纪》中,连同其他十七首诗和一首《贺新郎词》在《大风》上发表。七绝是和台儿庄大捷有关的:"水井沟头血战酣,台儿庄外夕阳昙。平原立马凝眸处,忽报奇师捷邳郯。"

《毁家诗纪》是郁达夫的诗记王映霞移情别恋之作,记的都是儿女私情,却拣进了这两首和另外一首,显得有些不很调和。另一首是《九月初旬离汉寿,拟去南洋,风雨下沅湘,遥望汨罗》:"汨罗东望路迢迢,郁怒熊熊火未消。欲驾飞涛驰白马,潇湘浙水可通潮?"这不很调和,也正好看出郁达夫尽管为"家"烦恼,还是经常为国兴忧。尽管他在别的诗后,注有"心火未平",但在这首诗后,注的却是:"风雨下沅湘,东望汨罗,颇深故国之思,真有伍子胥怒潮冲杭州的气概。"可见未消的更有对敌的怒火。

《毁家诗纪》尽管是前前后后两三年的作品，也有些已经发表过，但总起来加上这个题目，二十首一齐发表，却是一九三九年三月在香港《大风》旬刊上的事。那时候郁达夫已经到了新加坡。两人尽管争争吵吵，离离合合，还是一起到南洋，虽然彼此都在争取和好，终于还是不欢而散。就在这争取的时期中，郁达夫整理发表了这《毁家诗纪》，反映出心情的矛盾，一边在争取，一边又在毁弃，终于是毁，毁了他们的风雨之家（他们杭州的家为有名的"风雨庐"）。

《毁家诗纪》在《大风》刊出后，郁达夫寄了一册给在上海的兄长郁曼陀，郁曼陀读了以后叹息不已，在末一页的空白处题了一首绝句："明知覆水难收日，犹是余情未了时。一语着君君莫恼，他年重忆毁家诗。"《毁家诗纪》尽管是积累了两三年之久的作品，但还是郁达夫激情冲动之作。事过境迁，后之读者也就不必纠缠在这些夫妇情、家务事上面，还是让家国事更撼人心弦吧。

和《毁家诗纪》并存的，还有郁达夫的名作《离乱杂诗》十二首或十六七首。这是他一生之中，最后最精彩的遗作。一九四一年十二月，太平洋战争爆发，不久，他工作所在地的新加坡陷于日军之手，他逃难到印度尼西亚。据胡愈之的记录："一九四二年春间，达夫避难保东村（另一译名巴东，易使人误为'巴东之峡巫峡长'的巴东），日成一诗以自遣。今存此仅中一首，右诗一至七首为怀远忆旧之作。郁达夫有女友，于新加坡陷前撤退至爪哇,任联军广播电台广播员;达夫在保东村,隔二三日必赴附近市镇,听巴城广播,故有'却喜长空播玉音'之句。第八、第九首留别保东居停主人陈君,陈为闽金门人。第十首成于彭鹤岭,则以言志。第十一首系去卜干峇鲁途中口占,末界为中途停舟处。达夫后居巴爷公务时,亦间有所作,作风复有不同,似意气较豪放,惟已尽散佚,惜哉!"

一九八六年又发现一首,被编为第四首,余类推,这就成了十二首。这些都是四二年的作品。

一九四三年,他和华侨姑娘何丽友结婚,又有《无题四首》,用的是《毁家诗纪》四首的原韵。加上这些,可以算十六首。

一九四四年,又有次韵答胡迈一首七律。这就是十七首了。这些都在四六年随胡愈之的《郁达夫的流亡和失踪》同时发表过。

后来发现的第四首是:"避地真同小隐居,江村景色画难如。两川明镜蒸春梦,一棹烟波识老渔。今日岂知明日事,老年反读少年书。闲来蛮语从新学,陬隅清池记鲤鱼。"这是一九六七年发现的。

另有两首七绝。一是四二年的《去卜干峇鲁留赠陈金绍》:"十年久作贾胡游,残夜蛮荒迭梦秋。若问樽前惆怅事,故乡猿鹤动人愁。"一是四五年的《题新云山人画梅》:"十年孤屿罗浮梦,每到春来辄忆家。难得张郎知我意,画眉还为画梅花。"这一首应该是郁达夫传世的最后一首诗了。

诗题在画上,写着"乙酉春苏门啸隐题"。乙酉是一九四三年。

苏门有两意,晋朝的孙登隐于苏门山,阮籍去山中访他,互为长啸,因此有"苏门啸隐"之称。郁达夫用它,却表示自己是隐于苏门答腊之意。

《去卜干峇鲁留赠陈金绍》又题作《赠印亚画家张乙鸥》。一九六七年新加坡《南洋文摘》刊出"画眉还为画梅花"这诗时,题为《题张乙鸥梅花图》,可见诗中张郎就是张乙鸥。

《离乱杂诗》最后一首:"草木风声势未安,孤舟惶恐再经滩。地名末旦埋踪易,楫指中流转道难。天意似将颁大任,微躯何厌忍饥寒?长歌正气重来读,我比前贤路已宽。"最为豪放,使人感到的是满纸正气和豪气,更信胡愈之说他后来诸作,"意气较豪放",都散佚了,实在可惜!第七首的"却喜长空播玉音,灵犀一点此传心。凤凰浪迹成凡鸟,精卫临渊是怨禽。满地月明思故国,穷途裘敝感黄金。茫茫大难愁来日,剩把微情付苦吟"。哀感缠绵,动人心弦,每两三天去市镇听广播一次,释相思之苦,是乱离中难得的爱情故事。

他后来和何丽友成婚,用了《毁家诗纪》的四律原韵,大有昔日"此情可待成追忆"的味道。其中一律:"赘秦原不为身谋,揽辔犹思定十洲。谁信风流张敞笔,曾鸣悲愤谢翱楼。弯弓有待南山虎,拔剑宁惭带上钩。何日西施随范蠡,五湖烟水洗恩仇。"却是豪气逼人的。郁达夫到底有慷慨志士的一面,他终于以身殉国,不是偶然的!何丽友和他生下的儿子郁大雅,第二次世界大战后虽来港定居,何丽友后去南京依女(她和郁达夫生有一子一女）。郁大雅据说现还在香港。儿子未有继承父业，职业是卡车和的士司机。这也算是郁达夫和香港的一点点缘分了。

一九九六年十月

兼好法师的《徒然草》

无意间在书店中看到一本《徒然草》,立刻买了,欣喜回家。

最初知道《徒然草》这书名,应该是六七十年前的事了。那是在周作人的文章中看到的,周作人有一篇《徒然草抄》,是一九二五年的作品。他把日本南北朝时代、中国元朝时代一位兼好法师的散文摘译了十四篇介绍给中国的读者,此后就没有再译,使人因那十四篇的内容吸引而想见识它的全貌,却一直见不到,空留下了兼好法师的名字在记忆里。

周作人说,关于兼好法师有多种传说,有说他是个放荡不羁的和尚,曾替人写情书去勾引别人的妻子;也有说他实在是一名高僧,而且是遁迹空门的爱国志士。但周作人认为,他是一个可爱的文人,他的作品既反映了禁欲家也反映了快乐派的思想。他的说教文字也带有诗的气味。读这位六百多年前老法师的作品,颇有如对昨日的朋友晤谈之乐。

看看他如何论长生吧:

> 倘仇野之露没有消时,鸟部山之烟也无起时,人生能够常住不灭,恐世间将更无趣味。遍观有生,惟人最长生。

蜉蝣及夕而死，夏蝉不知春秋。倘若优游度日，则一岁的光阴也就很是长闲了。如不知厌足，虽过千年亦不过一夜的梦罢。在不能常住的世间活到老丑，有什么意思？语云"寿则多辱"。即使长命，在四十岁以内死了最为得体。过了这个年纪便将忘记自己的老丑，想在人群中胡混，到了暮年还溺爱子孙，希冀长寿得见他们的繁荣；执着人生，私欲益深，人情物理都不复了解，至可叹息。

前面提到的"仇野之露"，仇野是墓地之名；"鸟部山之烟"，鸟部山是火葬场所在地。

兼好法师同意"寿则多辱"的说法，认为四十岁死了最为得体。在他的时代，四五十岁已是老丑，不像今天，活到八九十岁也很平常。他认为老年人混在青年中间妄说趣话，是至不雅观的。他所谓趣话，是指谈女色和男女隐私，其不雅有如卑贱人说世间权贵如何与自己要好。

兼好这个和尚谈到女色时说："相传久米仙人见浣女胫白，失其神通，实在女人的手足肌肤艳美肥泽，与别的颜色不同，这也是至有道理的话。"久米仙人入深山学仙方，一日腾空飞过古里，会妇人以足踏浣衣，其胫甚白，忽生染心，即时坠落，仙术尽失，连神仙也做不成了。兼好虽然也知道久米仙人的故事，但禁不住还是要赞女人的手足肌肤的艳美肥泽，还说这是至有道理的。

但他更赞自然之美。他说:

　　无论何时,望见明月便令人意快,或云"无物比月更美"。又一人与之争曰"露更有味",其事殊有趣。其实随时随地无有一物不美妙也。花月无论美,即风亦是动人。冲岩激石,清溪之流水,其景色亦至佳美。虽见诗云"沅湘日夜东流去,不为愁人住少时",觉得很有兴味。嵇康虽云"游山泽,观鱼鸟,心甚乐之"。在远离人居水草清佳之地,独自逍遥,可谓最大之悦乐。

读这些日本元人的小品,有如读中国明人小品的悦乐。

《明报月刊》二〇〇四年七月号

当代旧体诗和文学史
——从《追迹香港文学》谈起

著有《香港文踪》、编著有《香港文学散步》的卢玮銮,又有新著《追迹香港文学》给我们了。这回却不是她一人编写,而是与黄继持、郑树森合三人之力的集子。

三人在一九九三年以来的五年中,对五六十年代的香港文学研究有过合作。连本书在内,一共拿出了六件成果:《香港文学大事年表》《香港文学资料册》和香港小说、散文、新诗选(都是一九四九到一九六九年的),还加上这一本《追迹香港文学》。前五件是史料,这一本就是史论了。

尽管是三人各自在不同时间作不同体例的写作,却是保持着大体相同的看法,因此才有可能集中为一书出版。文章也都保持着相同的特色:治史的谨严。使人感到有一种文学史的史德存在。

书中有对五六十年代香港文学的议论,也有对那些年代香港小说的踪迹、香港散文的身影、香港新诗的风采的论述。更有对香港文学、香港作家以至"南来作家"如何界定的探讨。还有对香港文学研究的一些问题,对香港文学史研究的一些问题,对香港文学主体性的发展,对香港现代文学与中国古典的关系等问题,做专门的探讨和论述。

边陲"化故为新"向中原喊话?

书中还对几位作家做具体的分析,从叶灵凤、戴望舒、侣伦、刘以鬯、张爱玲、西西到小思。小思从叶灵凤在日军占领香港期间写《吞旃随笔》,揭示出那种在敌人铁蹄下的"苏武心态",真是心细如发,可圈可点。黄继持不但注视到三苏的经纪拉的市井浮沉,也注意到金庸的令狐冲的江湖笑傲,打开了文学的殿堂,迎接这些新角色,终于为后来者展开了一场你追我赶唯恐落后的"金学"热。

郑树森则从地缘等角度,指出香港本来是"边缘",但五六十年代里,无论左右,都努力利用"边缘"来建立新"核心"和新"中原"。直到六十年代中后期,年轻一代崛起,才逐步本体化。据说,作家们利用"边陲",向"中原"喊话。事实上,没有什么具体的成就呈现出来,除了新儒学在八十年代初在内地上有些开展,文学上是不是看不到有什么花果在枝繁叶茂呢?

黄继持又以"化故为新"从一些采取西方现代创作方法的小说中,提出了使人感兴趣的一个问题:如何继承和发展古典,赋以新义,化成现代。他从《故事新编》谈起,举出了刘以鬯、西西、也斯、李碧华等人的篇章,说明它们不仅化古为新,就是于近人的故事新编来说,也有新义。这是值得注视的看法。

我因此想到了另一个问题,古典的继承和发展,固然有化,或主要是化,但也有持,有形式上不化的一面。虽不化,也有新,也能新,旧瓶新酒,而且还起着相当大的作用,在一定的时期之内,那影响还很大,大得出乎人们的意料。

我想到的是旧体诗词。

二十年代新文学运动一来,旧的纷纷倒了,除了地方戏曲,还站得住的只有旧体诗词,不但没有被推倒,更大行其道,以新的生命力发挥着更广泛的作用。作者是更多了,政治影响是更大了,不仅从象牙之塔走上十字街头,更踏上政治舞台了。这当然因缘际会,和毛泽东个人的爱好有关系。理论上他也提倡新诗,创作上他只是迷恋旧体,不过,他是在化故为新的,从庙堂走向江湖的,由于他的沉迷,他的言教完全不如他的身教,连许多青年人,或根本不懂诗为何物的一些成年人也写旧体诗,旧体诗因此而得到推广,前所未有地普及起来。

旧体诗词旧瓶新酒起意外影响

这是一个方面,还有一个方面是文学界本身的。不少新文学家都有多少旧的根底,因此很容易就具备了写旧体诗词的条件,他们本来不写诗或只写新体诗的,后来也逐渐写起旧体来。由于运动不断,造成了"敢有歌吟动地哀"的局面,他们一受毛泽东的影响,二受"刀丛觅小诗"的鲁迅,以及和他同一辈的同好者的影响,也都纷纷写起旧体诗词来了,这不像袒露的文章易于惹祸,落入文网。

在毛泽东身边,有一个胡乔木,他那支笔本来是政治、思想上的刀,为政治服务之余,他也写诗,出了一本从书名到内容都以新诗为主的诗集《人比月光更美丽》。但书分两辑,第二辑就是写得不俗的旧体诗词。

在鲁迅身后,有一个聂绀弩,他那支笔原是以写杂文出名的匕首投枪。反右以后却写出了他的一身诗兴,"以杂文入诗",写出被胡乔木称为空前绝后的旧体诗词,而深为广大的知识分子所喜爱。绀弩的诗于是大行其道,绀弩体也就风行一时了。

毛泽东的诗成为政治语言,聂绀弩的诗是文学语言,并行不悖,各有作用。

但是,写现当代中国文学史的人,却没有人把这一"化故为新"的文学现象写进文学史中,难道它们不算文学,不能入史?

此外,一些影响不如此之大,但在文学上还是有一定成就的现当代作家的旧体诗词,又该如何看待呢?

听说,近年北京有人编选了一些新文学作家的旧体诗词,出了一本集子。这个选本,我还没有看到,我们能看到的,新文学家的旧体诗集,有钱锺书的、有郁达夫的、有郭沫若的、有叶圣陶的、有周作人的、有田汉的、有荒芜的,有……邓拓这政论家、散文家当然也应该算在里面吧。但这些诗集在文学史中一律没有什么地位,好像他们根本没有这些作品。

有些根本不是新文学家,原来就是写旧体的,就更不用说了。像柳亚子、陈寅恪、吴宓、夏承焘、唐圭璋、沈祖棻（其实她初时也写新体诗）……他们都是功夫很深，成就不小的人，也似乎都上不了文学史。

现代文学史缘何无视旧体诗？

因此更想到章士钊，他也是一生诗词写作极多的人。五十年代以后，他几次由北京到香港，对台湾做统战活动，小住数月而归，还在香港留下了一集《南游吟草》，出版而不正式发行，只在熟人之间默默赠送。因为那里面有不少诗篇是他在香港写了，送给台湾的熟人的，其中多是军政大员。这些统战的政治诗不像后来比打油诗更打油的"政协诗"，章士钊这些却是有功夫和统战深意的。创作在香港，不知道算不算香港文学的一部分？进得了本港的文学史吗？

无论是香港文学或中国文学里，当代人的旧体诗词都有着一个地位的问题，它们是客观的存在，也在起着实际的作用，而且这些作用很大，是不可能被忽视的。

在中国的文学活动中，旧体诗却好像已被消灭，不复存在，其实完全不是这么一回事。这不能不说是一大怪现象。这就不仅香港一处为然，整个中国的文学史，无论海峡此岸或彼岸，都是这样。总应该有人出来改变这样的现状。

《明报月刊》一九九八年九月号

曼殊上人诗卷

前年偶然得到曼殊上人诗稿十叶，裱成长卷，计自作诗二十三首，译诗四首，另附仲甫诗十首，邓绳侯诗一首。静夜赏玩，颇觉有可记之处。

这十叶诗稿除一叶译诗《乐苑》是毛笔写的外，其余九叶都是钢笔小字，娟秀如女子所书；而且都是写在信笺上，寄与友人"叱正"的。有的是寄给蔡哲夫，有的是寄给蔡哲夫和邓秋枚，也有的是寄给蔡、邓、刘三、黄晦闻、诸贞壮和李晓暾的。

查对过文公直所编"最完备本的"《曼殊大师全集》，发现诗稿上有两首绝句属于佚诗，未有收入：

久欲南归罗浮不果，因望不二山有感，聊书所怀，寄二兄广州，兼呈晦闻、哲夫、秋枚三公沪上。

寒禽衰草伴愁颜，驻马垂杨望雪山，远远孤飞天际鹤，云峰珠海几时还。

《游不忍池示仲兄》：

　　白妙轻罗薄几重（日人称裹衣之袖曰白妙），石栏桥畔小池东。胡姬善解离人意，笑指芙蕖寂寞红。

另有两叶是最值得研究的。上边共有绝句二十二首，其中两首一是《次韵奉答怀宁邓公》，一是附录原作（"怀宁邓公"就是邓绳侯）。此外的二十首一唱一和，一半是曼殊的，一半是他人的，每一首的后边都注有一"仲"字或"翯"字。曼殊有一个名字叫翯；仲就是仲子，也就是陈仲甫独秀。据章行严老先生说，曼殊作诗，得过陈仲甫的指点，有些诗句还可能经他修改过，正像有些诗文经过章太炎修改过一样。

值得研究的就在这上面了。

曼殊这十首绝句在全集中是题为《本事》的，就是"春雨楼头尺八箫"那十首，但在这两叶诗稿中，有两首却注了一个"仲"字；而另一首注了"翯"字的，却又是全集中所没有的。这二十首唱和之作照抄如下：

　　双舒玉笋轻挑拨，鸟啄风铃珠碎鸣。一柱一弦亲手抚，化身愿作乐中筝。（南汉黄损词云："愿作乐中筝，得近佳人纤手指。"）（仲）

　　无量春愁无量恨，一时都向指间鸣。我亦艰难多病日，那堪更听八云筝。(日本古史相传,有神名"须佐之男命"者,降出云国,为斩妖龙,而娶其国美女"稻田姬",妖龙八首化云飞起,后人因以八云为乐器之名云。)(曇)

深夜沉香沃甲煎,隋皇风雅去茫然。羊车我若过卿宅,细饮番茶话夙缘。(番茶,日本茶名。)(仲)

丈室番茶手自煎,语深香冷涕潸然。生身阿母无情甚,为向摩耶问夙缘。(曇)

湘娥鼓瑟灵均法,才子佳人共一魂。誓忍悲酸争万劫,青衫不见有啼痕。(仲)

碧玉莫愁身世贱,同乡仙子独销魂。袈裟点点疑樱瓣,半是胭脂半泪痕。(曇)

丹顿裴伦是我师,才如江海命如丝。朱弦休为佳人绝,孤愤酸情欲语谁?(丹顿即 Danto)(仲)

淡扫蛾眉朝画师,同心华髻结青丝。一杯颜色和双泪,写就梨花付与谁。(汉元帝时有同心髻,顶发相结,束以绛罗,今日本尚有此风。)(曇)

慵妆高阁鸣筝坐,羞为他人工笑颦。镇日欢场忙不了,万家歌舞一闲身。(仲)

愧向尊前说报恩,香残玦玉浅含颦。卿自无言侬已会,湘兰天女是前身。(曩在秣陵,仁山老居士为余道马湘兰证果事甚详。)(曇)

少人行处独吹笙,思量往事泪盈盈。缺憾若非容易补,

报答娲皇炼石情。（仲）

春水难量旧恨盈，桃腮檀口坐吹笙。华严瀑布高千尺，不及卿卿爱我情。（华严瀑布在日光山，蓬瀛最胜处也。）（鬵）

目断积成一钵泪，魂销赢得十篇诗。相逢不及相思好，万境妍于未到时。（仲）

乌舍凌波肌似雪（梵土相传，神女乌舍监守天阁，侍宴诸神），亲提红叶索题诗（引唐时女诗人韩采蘋事）。还卿一钵无情泪，恨不相逢未鬵时。（鬵）

多才天子神山女，未必高唐定雨云。相见烦君惟一曲，不教红泪落湘裙。（仲）

相怜病骨轻于蝶，梦入罗浮万里云。赠尔多情诗一卷（余赠以梵书《沙恭达罗》），他年重捡石榴裙。（昔人诗云："不信比来常下泪，开箱捡取石榴裙。"）（鬵）

空功秦女为吹箫，孤负天门上下潮。周郎未遇春衫薄，沽酒无颜过二桥。（仲）

春雨楼头尺八箫（日本尺八与汉土洞箫少异，其曲有名《春雨》，殊凄惘。日僧有专吹尺八行乞者），何时归看浙江潮（昨秋养病武林）。芒鞋破钵无人识，踏过樱花第几桥。（鬵）

昭王已死燕台废，珠玉无端尽属卿，黄鹤孤飞千里志，不须悲愤托秦筝。（仲）

九年面壁成空相,持锡归来悔晤卿。我本负人今已矣,任他人作乐中筝。(曼)

从诗稿的排列次序看来,很像是仲子原唱,曼殊和他。但读来却又总觉得,曼殊似原唱,仲子似和作。

第七首"丹顿裴伦是我师"各本都当作曼殊的诗,这里却注了一个"仲"字,第九首"慵妆高阁鸣筝坐"也是这样。但从诗的语气看,却又并不使人怀疑那不是曼殊的诗。

第十首"愧向尊前说报恩"注了一个"曼"字,但各本都没有收入这诗,而注重所说杨仁山在南京为谈马湘兰证果事,却又变成曼殊。

不出三个可能。一个是确实像诗稿中所注;一个是这些注有三处错了,就是"丹顿裴伦""慵妆高阁"和"愧向尊前"这三首;还有一个是,"仲"也好,"曼"也好,都是代表曼殊一人,他在这里故意开了一个玩笑,一化为二。是曼殊故弄狡狯吗?不像,有些诗也不大像曼殊的,最后一个可能因此不太大。是曼殊抄写时附注有误吗?恐怕不容易连误三处吧,第二个可能也不大能成立。那么,是他所注全不错吗?"丹顿裴伦""慵妆高阁"都只能是曼殊,不大像陈独秀的;而"湘兰天女"又只是曼殊,不是陈独秀的事。

这一疑团是有些难释了。

在《寄广州晦公》到《过平户延平诞生处》这两叶中,诗

附于简,短简如下:

> 秋枚、哲夫两公侍者:久未奉书,少病少恼不?沙鸥月内须赴淀江省母,未克西归。前月廿二复哲公一信妥收未?晦公来沪亦已定行期否?奉寄"春本万龙"相两张,日人谓是江户名花第一枝,沙鸥于车中曾一见之,但肌肤鲜润耳。日来花谢花开,真无聊赖。近得数绝,布鼓雷门,不敢言诗也。

这也是"最完备本"没有收入的。

简后附的诗中有"斜插莲蓬美且鬈,曾教粉指印青编。此后不知魂与梦,涉江同泛采莲船"一首,附注说:"莲蓬即Ribbon。"这一注释各本所无,但却不能不有,不读此注,很容易以为真有这么一个少女,将莲蓬插在鬈发上做装饰,而不是系的一条缎带。

除《乐苑》外,几首译诗都是中英对照,抄了原文的,英文和中文一样,字迹娟秀。在《去燕》和《颎颎赤墙靡》两首诗中间写着:

"旧恙新瘥,案头有英吉利古诗,泚笔译之,以示□□,兼呈贞壮……诸公教正。沙鸥拜。"但在《译拜轮答美人赠束发彇带诗》的题目上却是写明了"示弹筝人"的,不知道这里为什么却又姑隐其名,成了"以示□□"了。

章行严老先生在香港小住时,曾请他在这本诗卷上题些跋语,他一时兴起,一个晚上做了二十首绝句,写成了一个手卷相赠,诗后附注,将曼殊当年许多事情都写进去了,是研究曼殊生平的好材料。这二十首诗是:

故人遗墨久逾明,小小诗篇万汇情。切响高僧初放呗,余音静女罢弹筝(君诗称古乐好以筝为职志,且曾愿画一静女弹筝图见贶,迄未交卷)。

江南三月噪阳春,胜友连翩六七人。最是怀宁陈仲子,平生思归迈苏程(六七人者自仲子外,如诸贞长宗元、黄晦闻节、邓秋枚、蔡哲夫、刘三季平、李晓暾世由等皆是)。

倒骑龙尾下伦敦,难抵沙鸥学拜轮。偷得无灵佳侠泪,炼为珠露润朱唇(君与诸友唱和最盛之日,吾适往英伦,故无一诗参与。沙鸥者,君别号之一。拜轮诗中又作裴伦,君攻此家诗集专而精,珠露本事见拜轮集)。

莎米诸公尽到门,不题凡鸟见情温。主盟姑让诸贞长,无赖微嫌李晓暾(仲子当年有存殁口号绝句二十首,流传海内,于吾"文章今已动英京",吾甚愧之,然文章固非诗也。李晓暾为湘军李臣典之孙,知者不多,故记之)。

形影相依旧甲寅，绛纱焚剑语纷纭。情真默写摸金记，不讳曹瞒校尉身（吾造《绛纱记》及《焚剑记》两短篇小说，皆在《甲寅》杂志登出。时同客东京，吾两人踪迹最密。摸金云者，指流浪上海时事）。

五香鸽子清斋具，方丈番茶解渴宜。口食甘为焚齿象，书痴敢作卖饧诗（君在广州为僧徒日，以偷食五香鸽子犯戒被逐，君曾自曝其事。焚齿者，君偶欲食糖，无赀购取，取所镶金齿鬻之，亦君自道）。

最高名处是无名，谁解无情作有情。飞锡暂趋蒲涧寺，诵经不避阊间城（蒲涧指在广州为门徒僧，阊间指苏州，君有友曰郑桐孙，即最契合者之一）。

愿安尸解杀人场，炬赫庸医号最良。洪宪偕亡大星没，广慈应遗万人伤（讨袁苟完，黄蔡并殁，君亦物化于上海广慈医院）。

广慈广济两名从，居正先生号至公。怪底送财同印证，忏情无地一孤桐（居觉生与君相善，君就诊广慈，吾送药赀去，直入病室而不见君，因将纸币潜藏枕下，仓促退出，明日君与觉生言此事,并谓舍孤桐应无别人,而吾当时事烦,不能久留沪渎,竟无与君死别机会,追思黯然。抗战胜利之后,觉生在沪,曾为吾补述经过)。

一诗南社广诗才,著个诗僧万象开。亚子后先无好句,独题师集七言哀(柳亚子题曼殊集七绝七首,确为相得益彰之作)。

余杭笔削本无隅,前有邹容后曼殊。一便庸愚一精进,可怜遗墨两模糊(蔚丹《革命军》求太炎斧削,太炎曰:"此取便庸愚阅读,直不须改。"君诗亦就正太炎,则一字不遗,细为斟酌,吾箧中尚有此类削本)。

刘三故是有情人,囊括邹苏久更眠。四字仅余生病死,人非经老却长春(刘三即季平,蔚丹为所手葬)。

情账从来属反刍,倘非全胜愿全输。苟完两局归清祖,一局长输首曼殊(清祖指顺治帝,情之正面要做皇帝,负面则僧尸之,此解为弗罗伊德派所称)。

僧家塔布是情悰,君却情诗信口工。莫道诗工即崇有,万缘先了色成空(塔布乃英语 Tabbo 音译,即戒律也)。

乾丝隽味酒千钟,得月楼边笑语浓。大脚黄鱼都爱上,衡情合署蒋山佣(得月楼为南京河边菜馆,南人称女学生为大脚黄鱼,君口头及诗均及之)。

枯禅无语泪痕干,淫具周身任自残。堪笑仁山老居士,证人先证马湘兰(本事在卷中)。

华严瀑布日光山,胜地游人岂等闲。一是情僧以神女,万难抛恨在人间。

尔我相逢未鬌时,也将红叶互题诗。如何乌舍相思泪,六十年来只暗垂。

草泽儿郎本自雄,称诗翻爱写唐宫。羊车未到沉香冷,别殿笙歌震耳聋。

密行细楷付还云,年久重开万缕分。我亦有心搜箧衍,料应留伴石榴裙(右四首皆本事在卷)。

诗后还有一段跋语:

庚子八月吾重游香港，□□兄出曼殊遗诗及便笺共十余纸见示，谓自蔡哲夫家收得，密行细楷，如见其人，吾一时兴发，为题绝句十九首，期与诗札本事相阐明，为好事者考镜之资，未始不是一得，宏识谓何。孤桐章士钊，时年八十。

但他实际是写了二十首绝句，并不是十九首。

他记错了，包天笑老先生后来题诗五绝，也有"先读孤桐十九首"的话，就是根据这跋语的。包老先生的五首绝句是：

渡海东来是一癯，芒鞋布衲到姑苏。剧怜秋扇遭捐弃，难觅儿童扑满图（曼殊自日本渡海东来，即到苏州，神情貌癯，穿一破旧之布衲，我等延之在吴中公学教书，时君喜作画，为我画一儿童扑满图，尔时在清季，我辈正竞谈革命，扑满者，隐为扑灭满清之意，惜此扇已失）。

松糖橘饼又玫瑰，甜蜜香酥笑口开。想是大师心里苦，要从苦处得甘来（君喜甜食，自号糖僧，赠以采芝斋松子糖橘等等，君颇甘之）。

调筝静女画真真，风雪天寒念故人。玉指鸣声思百助，展图犹是美人身（君在东京，寄我以日本百助眉史弹筝一小影,附以诗云:"无量春愁无量恨,一时都向指间鸣。我已袈裟全湿透,那堪重听割鸡筝。"有云:"日来雪深风急,念诸故人,鸾漂凤泊,衲本工愁,云河不感?"此百助小影我曾载之所编小说杂志,后为瘦鹃借去影印,不知今尚在否)。

散花不着拈花笑,漫说谈空入上乘。记取秋波春月夜,万花簇拥一诗僧(海上友朋喜作艳游,君出入青楼无忌,群呼之曰"苏和尚"。一日倚虹觞之于惜春家,座有楚伧、鹓鶵等,所笺召之伎悉令围坐君侧,而君能周旋自如。席散,君萧然踏月归,或亦如孤桐诗中所云"万缘先了色成空"欤?秋波者,倚虹所昵伎)。

出家可笑本无家,踏遍山涯又水涯。入世宁为出世想,盖棺曾未着袈裟(广慈医院疾革,我以朱少屏之电话,急往视之,则已逝矣。一友言,宜以僧服殓,然治丧者仍以西服进。君平日亦不穿僧服,我仅得君一身披袈裟之小影,曾登杂志,现亦不知何往矣)。

诗后跋语说:

壬寅八月,□□先生出示曼殊遗诗遗墨,回念前尘,至深怆恻，就所记忆，率题五绝，先读孤桐十九首，珠玉在前，不无续貂之感。思窒手颤，幸恕我颓废也。包天笑时年八十七。

章老、包老都是曼殊旧友，曼殊若在，也是将近八十的老人了（他生于一八八四年，后年是他的诞生八十周年纪念）。

章行严老先生诗中有"情真默写摸金记"之句，注中只说"指流浪上海时事"而不详。日人米泽秀夫在《苏曼殊之生涯与作品》中曾说："……后再入上海国民日报社担任翻译，与陈独秀、章行严、何梅士等同居，但过了几日之后，没有趣味起来了，当陈独秀、章行严不在时，拿了行严三十元，向何梅士说去看戏，就出去了。此后，便往香港入中国日报社，依然心中不乐，遂决心出家，落发于惠州之某破寺，而为僧侣……"章老谈起这段摸金的事来，还不禁莞尔一笑。